KB005651

파인
다이닝

파인
다이닝

최은영

황시운

윤이형

김이환

이은선

노희준

서유미

은행나무

차례

《파인 다이닝》기획의 말

사람마다 다르겠지만, 내게 요리라는 행위는 '계속 살아가겠다'라는 나 자신과의 약속일 때가 많다.

바쁘고 지쳤지만 굳이 내 손으로 음식을 만들기로 결심하고 주방에 설 때. 재료를 손질하고, 냄비와 프라이팬에 쓸어 넣고, 불을 켜고, 중간중간 레시피를 확인하고, 시간을 재가면서 주의를 기울이고 있을 때. 자신이나 다른 누군가를 위해 마음과 시간을 들여 그 일련의 과정을 해내고 있을 때, 나는 내가 아직 완전히 주저앉아버리지는 않았다고 느낀다. 죽음에 맞서고 있다고 느낀다. 온갖 맥 빠지는 일들, 좌절, 실패, 낮아진 자존감에도 불구하고, 살아가는 일을 아직은 포기하지 않았다고 느낀다.

다른 사람들에게는 어떨까. 너무 비장한가. 그런지도 모르겠다.

사실 이 책은 SNS상에서 별다른 기대 없이 주고받은 두 작가와의 농담에서 시작되었다. 한 작가는 새로운 요리를 열심히 시도하지만 항상 무언가를 빠뜨리고 안 넣거나, 덜 넣거나, 더 넣거나, 불세기나 조리 시간, 물 양을 잘 맞추지 못해서 망쳐버리고 마는 사람이었다. 하지만 그는 요리를 절대로 포기하지 않았다. 그 작가의 망친 요리 포스팅에 이런저런 팁을 달아주던 다른 작가는 소설이나 책 얘기보다 요리에 관한 포스팅을 할 때가 훨씬 잦았고, 그럴 때 훨씬 생기에 넘쳐 보이는 사람이었다. 나는 나대로 유용한 요리 팁을 메모하려고 그들의 대화를 보고 있다가, 문득 궁금해졌다. 이 사람들은 어떤 마음으로 요리를 하고 있을까. 그건 소설을 쓰는 마음하고는 어떻게 비슷하고, 또 어떻게 다르지?

요리 테마소설집을 내보면 어떨까? 작가들을 좀 더 모아서 말이야. 누군가가 장난처럼 이야기를 꺼냈다. '음식 소설'보다는 '요리 소설'이 좋겠다는 얘기도 나왔다. 맛있는 음식 그 자체보다는, 그것을 준비하고, 만들고, 누군가를 위해 그것을 차리고, 그릇에 담아 가져가고, 건네고, 함께 먹으며 이야기를 나누는 사람들의 마음에 관한, 그 시간과 체온과 풍경들에 관한 이야기. 재미있을 것 같았다. 딱 그 정도의 생각에서 시작되었는데, 정말로 식탁이 차려졌다. 재료도, 맛도, 향기도, 요리법도, 담아낸 모양새도 제각기 다르다.

기획의 말을 쓰기 위해 먼저 읽어보는 행운을 누린 내가 분명히 말할 수 있는 사실은 한 가지다. 닮았다, 무척. 글을 읽을 때마다 내가 막연히 상상해보곤 하던 일곱 소설가 각자의 캐릭터와 굉장히 비슷한 맛을 내는 요리들이 탄생했다. 읽으시는 분들에게도 부디 즐겁고 풍성한 식탁이 되었으면 하는 바람이다.

2018년 3월
대표 집필 윤이형

선택

· 최은영

최은영

2013년 《작가세계》 신인상을 수상하며 작품 활동 시작. 소설집 《쇼코의 미소》가 있다.

요즘은 새벽잠이 줄었어요. 새벽 3시면 눈이 떠지고, 다시 잠을 이루려고 노력해도 잘되지 않습니다.

'꼭 한 번은 다시 만날 거예요.'

당신의 목소리는 잠겨 있었지만 부드러웠습니다. 그 말은 먼 곳으로 파견을 나가거나 임종이 가까워 병원으로 향하는 수녀님들의 것이었지요. 세상에서 다시 못 보더라도 하느님 나라에서는 만날 수 있다는 말, 이제 우린 다시 만날 수 없을지도 모른다는 이별의 말이었습니다.

이 새벽, 잠에서 깨어 저는 당신을 생각합니다.

새벽의 부엌은 어둡고 조용합니다. 형광등을 켜고 저는 국을 끓일 준비를 합니다.

처음 성소자 피정에 갔을 때, 우연히 같은 테이블에 앉게 된 당신을 기억합니다. 수녀 하나에 성소자 셋씩 조를 이뤄 묻고 답하는 시간을 보냈었지요. 그곳에서 당신은 자기에게 맞는 '집'을 잘 찾아가야 한다고 이야기했습니다. 작은 집, 큰 집, 봉쇄된 집, 가까이 또는 멀리로 파견하는 집. 같은 수녀원이라고 하더라도 본인에게 잘 맞는 집을 찾아가야 한다는 말이었습니다. 또 수녀가 되지 않더라도 하느님을 사랑하는 방법은 여러 가지가 있다고, 너무 성급하게 생각하지 말라는 말도 기억납니다.

"발에 잘 맞는 신발을 신고 걸어야 돼요. 발이 아프면 안 되니까……."

수녀가 되면 하고 싶은 공부를 지원해줄 수 있다는 다른 수녀의 제안보다도 저는 당신의 말이 더 와닿았습니다. 발에 잘 맞는 신발, 발이 아프면 안 되니까…… 그로부터 11년이 지났는데도 저는 당신의 그 말을 기억하곤 합니다.

제가 입회했던 스물네 살에 당신은 마흔여섯의 종신 수녀였습니다. 입회를 하고, 당신은 저의 담당 수녀가 되었지요. 한번 묶이면 둘 중 하나가 죽기까지 짝이라는 말을 듣고 저는 웃었습니다. 다른 사람도 아니고 저에게 입회의 마음을 심어준 당신이 저의 담당 수녀라는 사실이 하느님께서 제게 주신 선물처럼 느껴져서였습니다.

그런 시기였습니다. 작은 행운 하나에도 하느님의 뜻을 감지하고, 하늘이 푸르면 푸른 대로, 비가 내리면 내리는 대로 그 안에 깃

든 하느님의 선의를 알아채려고 노력했던 때가요. 그 순진했던 마음을 이제 와서 비웃으려는 건 아닙니다.

저는 일주일에 한 번 있는 당신과의 면담 시간을 기다렸습니다. 휴가 기간을 제외하고 우리는 매주 한 시간씩 만나 이야기를 했지요. 시간이 지날수록 당신과의 만남을 절박하게 기다리는 저 자신을 발견하기도 했습니다.

당신은 당신 할머니의 할머니의 할머니까지도 천주교를 믿었던 집안에서 태어났다고 했습니다. 당신의 조상들은 산에 숨어 옹기를 굽고 그것을 팔아 생활했습니다. 자유롭게 천주교를 믿을 수 있게 되었지만 계속 옹기를 구우며 살아간 조상들도 있었고, 일부는 평양 시내로 내려와 살았다고 했죠. 당신의 삼촌 둘은 사제가 되었지만 한국전쟁 당시 처형되었습니다. 그런 이야기를 듣고 자란 당신이 갓 스물이 되자마자 수녀가 되었던 것은 꽤나 자연스러운 일이었다고 당신은 말했습니다.

저희 할아버지가 전쟁을 어떻게 겪었는지 저는 잘 알지 못합니다. 그도 수녀님의 식구들처럼 평양 사람이었습니다. 평범한 소작농의 둘째 아들로 태어나 왜정을 겪고, 전쟁을 겪으면서 자신의 의지와는 무관하게 고향을 떠나야 했습니다. 그는 보이지 않는 무언가를 믿는다는 것을 경멸하는 사람이었어요.

그는 자신이 고생한 이야기를 자기 손녀에게 구구절절 말하는 사람은 아니었습니다. 그가 살며 겪어온 일들을 알지 못하지만, 그 경험을 통한 결론은 이런 것이었습니다. 사람은 사람을 다치게 한다. 사람을 믿어서는 안 된다. 무엇도 믿어서는 안 된다. 가장 결정적인 순간, 도와달라고 내민 손을 밀쳐버리는 것이 인간이라는 존재다. 그런 인간이 사랑과 선함을 말하는 모습을 봐야 하는 일이 고통이다.

그런 아버지 밑에서 자란 저희 아버지는 심약한 사람이었습니다. 아주 어린 시절부터 밥상머리에 앉아 본인 아버지의 비관적인 세계관을 듣고 자란 사람에게 세상은 얼마나 공포였을까요. 그는 고등학교를 졸업하고 은행에 취직하여 97년까지 직장 생활을 했습니다. 자기 막내딸이 고작 중학교 2학년일 때, 그는 직장을 잃게 되었습니다. 그는 근면한 사람이었습니다. 직장을 잃은 뒤에도 이런저런 일을 하며 일 자체를 쉬었던 적이 없었습니다. 스물두 살에 결혼한 이후로 전업주부로 살아왔던 엄마가 돈을 벌기 시작하게 된 것도 그해였습니다.

저희 부모는 저희 자매에게 경제적인 위기를 최대한 숨기려고 노력했던 것 같습니다. 아버지는 직장을 옮겼다고 했고, 엄마도 집에서 심심하던 차에 아르바이트를 시작하게 되었다고 말했지요. 이런 허술한 거짓말을 믿을 바보는 아니었지만 저는 대수롭지 않다는 표정을 지었습니다. 모두가 바빴던 시기였습니다.

저희 식구는 모두 가까운 사람이 별로 없는 사람들이었습니다. 아버지는 직장 동료 말고는 가까운 지인이 없었고, 엄마도 친구가 거의 없었습니다. 친지들과의 관계도 좋지 않아 집안 왕래 또한 드물었습니다. 둘의 딸인 저도 마찬가지였습니다. 그런 재주가 없었어요. 사람과 잘 어울리고 활달했던 언니는 저희 식구와는 영 딴판이었지요.

그런 우리 가족이 상을 펴놓고 다 같이 저녁을 먹었던 기억은 아직도 따뜻하게 남아 있습니다. 이제 와서야 저는 그렇게 말할 수 있네요. 다시는 돌아올 수 없는 시간이기에 그렇게 미화해서 생각하는 것일지도 모르지만요. 다시 단 한 순간으로 돌아가 잠시라도 머무를 수 있다면…… 저는 그 평범하던 저녁의 하루로 돌아가고 싶습니다. 제가 하느님을 알기 전의 그때로요.

저에게는 하느님에 대한 깊은 믿음도, 삶을 관통하는 커다랗고 강한 하느님 체험도 없었습니다. 그런데도 제가 천주교도로 세례를 받고, 수녀원의 문을 두드릴 수 있었던 이유를 생각해보면 그 끝에는 언제나 호스피스 수녀님들이 보입니다.

수녀가 무엇인지, 사제가 무엇인지, 천주교가 무엇인지도 몰랐을 때 호스피스 수녀님들을 만났습니다. 그분들은 둘씩 짝을 지어 병실을 방문했습니다. 저희가 신자가 아니라는 사실을 알았기에 따로 천주교식 기도를 하지는 않았습니다. 혹시나 귀찮게 할까 봐 저희의 표정을 살피던 모습이 기억납니다. 그분들은 매일 찾아와 저희 부모의 이야기를 들었습니다. 저희 부모가 그렇게 많은 이야기를 할 수 있다는 사실을 저는 그전에는 알지 못했습니다. 저는 봐서는 안 될 장면을 본 사람처럼 당황스러워 복도로 걸음을 옮겼습니다. 제가 복도 창가에 서 있거나 휴게실에 앉아 있을 때 수녀님들은 저를 보면서도 가벼운 눈인사만 하고 지나갔습니다. 제가 당신들을 불편해한다는 것을 알고 있다는, 조심스러움이 담긴 인사였습니다. 언니는 두 수녀님을 따라다니면서 이런저런 이야기를 했지요.

그때까지만 하더라도 저는 아빠의 상황에 대해 제대로 알지 못했습니다. 아니, 머리로는 알고 있었으면서도 마음으로는 현실을 인정할 수 없었던 것이겠지요. 세상에서 가장 사랑하는 사람이 하루가 다르게 사위어가는 모습을 가까이에서 바라봐야 하는 일은, 제가 만들어낸 환상과 거짓 없이는 견딜 수 없는 것이었는지도 모릅니다. 아빠는 곧 나아질 거야. 언젠가 시간이 흘러 그땐 그런 일이 있었지, 라고 말할 수 있는 날이 올 거야. 그렇게 저는 꿈꿨고, 그 꿈을 그대로 믿고 싶었습니다.

그리고 어떤 일들이 있었는지…… 그 세 달의 시간 동안 저는 고입 연합고사를 봤고, 텔레비전을 켜놓고 혼자 저녁을 먹었고, 품이 작아진 겨울 코트를 버린 후 새로운 코트를 샀고, 버스 회수권 두 장을 교복 주머니에 넣고 학교를 다녔습니다. 틈이 날 때마다 버스를 타고 서울의 병원으로 아빠를 보러 갔어요. 아빠는 살이 빠져 더 깊고 커다래진 눈으로 저희를 반겨주셨지요. 도무지 반가움을 숨길 수 없는 얼굴이었습니다. 그렇지만 시간이 지나자 그런 얼굴도 더 이상 볼 수 없었습니다.

아빠는 돌아가시기 사흘 전, 의식을 잃기 직전에 천주교에 입교하고 병자성사를 받았습니다. 제가 처음으로 본 세례는 그런 것이었습니다. 제대로 앉아 있을 수도 없어 누워 있는 사람의 이마 위로 물을 쏟고, 손수건으로 물기를 닦아내는 것. 사제를 본 것도 그때가 처음이었습니다. 사제는 아버지의 병자성사를 해야 하니 자리를 비워야 한다고 말했지요. 그때, 엄마와 언니와 함께 복도로 나오면서 저는 참아왔던 울음을 터뜨렸습니다. 엄마는 저를 달랬지만 저는 슬픔 때문에 울었던 것이 아니었습니다. 제가 그때 느꼈던 감정은 굴욕뿐이었어요.

평생 자기 약한 모습 보이지 않으려고 애썼던 사람이 몸을 가누지도 못하고 누워 누군가에 의해 수동적으로 '다뤄지는' 모습을 본 충격. 아빠에 대해 아무것도 모르는 사람이 가족인 우리를 자리에서 쫓아내고 아빠의 삶을 '정리'하겠다고 하는 모습이 저에게 굴욕감을 줬던 것입니다.

"너희 아빤 외로운 사람이었다. 누구 하나 따뜻하게 감싸준 사람이 없었어."

엄마는 이미 아빠에 대해 과거형으로 말하고 있었습니다.

"아파도 아프다고 말도 못하고 자랐대. 아프면 괜찮냐고 물어야 할 부모들이 오히려 화를 냈으니……. 너무 가여워. 너무 가여워서……."

엄마는 쪼그리고 앉아 복도 바닥을 바라보고 있었습니다.

"수녀들에게는 아프면 아프다고, 괴로우면 괴롭다고 말하더구나. 아이처럼…… 정작 아이 때는 하지 못했던 말들을 하는 거야. 그러니 네가 이해해, 아빠 선택을."

아빠가 의식을 잃은 후에도 수녀님들은 보호자 대기실에 앉아 있는 저희 가족 곁에 머물렀습니다. 마음의 준비를 했지만 막상 일이 닥치기 직전이 되자 발을 구르고 눈물을 흘리는 엄마의 곁에 앉아 있었어요. 그것뿐이었던 것 같습니다. 그저 저희 곁에 앉아서 이야기를 들어주는 일.

장례 기간은 짧았습니다. 돌아가신 날 아침을 포함한 하루를 장례식장에서 보내고, 바로 그다음 날 발인을 했어요. 아빠의 직장 동료들, 몇몇 친척들만 오겠지, 라고 생각했는데 생전 처음 본 사람들이 장례식장에 차례대로 도착했습니다. 한번 시작하면 20분씩 이어지는 만가, 연도(煉禱)라는 것을 하더군요. 모르는 사람의 죽음을 위해 시간을 내어 기도를 하러 왔다는 것에 저희는 놀랐습니다. 호스피스 수녀님들도 장례식장에 오셨습니다. 한 분은 엄마의 손을 붙잡고 같이 울어주었지요. 저도, 엄마도 언니도, 그 순간 말로 표현할 수 없는 위안을 받았던 것 같습니다.

고등학교 1학년에 들어가던 봄에 언니와 저는 예비자 교리를 등록했습니다. 신약성경을 처음 읽었던 것도 그때, 시험을 보기 위해 천주교의 여러 기도문을 외웠던 것도 그때였습니다. 언젠가 당신은 하느님을 자기 의지로 받아들인 경험이 부럽다고 하셨지요. 당신께 하느님은 선택하고 말고의 문제가 아니었던 일이라고 하시면서요.

저는 위안받고 싶었습니다. 제가 세상에 존재하는 목적이 있을

지도 모른다고 믿고 싶었습니다. 하느님의 선의로 빚은 사람이라는 존재를 믿고 싶었습니다. 무엇보다도 저는 저를 결코 떠나지 않을 존재를 소유하고 싶었습니다. 버려지고 싶지 않았습니다. 세상에 홀로 남더라도 결코 홀로이지 않고 싶었습니다. 보이지 않더라도 세상 어딘가에는 저의 편이 존재한다는 감각을 느끼고 싶었어요.

그런 제 초라한 마음이 당신께서 부럽다고 하셨던, 하느님을 받아들이게 된 심정이었습니다. 제게 하느님은 아빠의 죽음에 함께 울어줬던 수녀님들의 눈물 안에서 만날 수 있었던 존재였습니다.

복음서에서 만난 그리스도도 그런 사람이었습니다. 친구의 죽음에 눈물을 흘리고, 모두가 손가락질하는 사람의 편에 서고, 아픈 사람을 그냥 지나치지 못하고, 죽음에 이르러 하느님, 왜 저를 버리셨습니까, 소리치는…… 그는 살아 있는 사람이었습니다. 전쟁을 일으키고, 사람을 죽이라고 명령하고, 자신이 선택한 민족과 사람을 위해서라면 다른 것들을 다 파괴해버릴 수 있는 구약의 하느님과는 전혀 다른 존재. 저의 하느님, 그분은 신약시대의 그리스도였습니다.

그분이라면 저에 대해 잘 알고 계시리라고, 저를 그냥 지나쳐버리지 않으시리라고 생각했습니다. 그렇게 나아질 가망이 없는 사랑이 시작되었습니다. 어떤 사람의 사랑도 하느님의 사랑을 대신해줄 수 없으리라 확신했습니다. 본당 수녀님은 저와 언니를 한 달에 한 번 있는 수녀원 모임에 초대하셨고 저희는 그곳에서 다른 여자 고등학생들과 함께 수녀님들과의 시간을 보낼 수 있었습니다. 당신을 처음 만난 것도 그 자리였지요.

대학에 가서 본격적으로 성소자 모임에 참여하면서 언니도 저도 성소 분별에 들어갔습니다. 언제나 수녀가 될 사람은 언니라고 생각했지만 언니는 대학을 졸업하자마자 직장에 취직했습니다. 제가 대학 4학년 때의 일이었어요. 투피스로 된 유니폼에 모자를 쓰고, 검은 구두를 신고, 전신 거울 앞에서 자기 모습을 체크하던 언니의 모습이 기억납니다. 그 모습이 부자연스럽다고 놀려 댔지만 속으로는 그런 언니가 자랑스러웠습니다. 워낙 여행을 좋아하고 사람을 좋아하는 사람이어서 적성에 잘 맞는 직업을 찾았다고 생각했어요. 언니는 저와 엄마를 위해 곳곳의 지역 특산물을 사 오기도 했습니다.

저는 4학년 졸업 학기가 끝날 무렵 지원기 수녀로 입회하게 되었습니다. 그 이후의 일은 당신께서도 잘 아시지요.

"수녀님은 잘 계셔? 건강하셔?"

수녀가 되고 나서 언니와 전화를 할 때면 그녀는 늘 당신의 안부를 묻곤 했습니다. 성소자 모임에서 언니는 유난히 당신을 따랐어요. 성소 분별을 위한 피정에 가서도 당신과 많은 이야기를 나누었다면서, 당신이 자기에게 준 마음을 잊을 수 없다고 이야기했습니다.

"넌 참 유난스러워."

전 자주 그렇게 언니를 나무랐습니다. 제 눈에 언니는 쓸데없이 잔정이 많은 사람이었습니다. 사람만 나타나면 겁도 없이 꼬리치며 달려오는 강아지 같아 괜히 걱정이 되기도 했어요. 일주일에 한 번씩 언니와 통화를 할 때면 하도 웃어서 다른 수녀님들에게 눈총을 받기도 했습니다. 직장에서 실수한 일, 소개팅 이야기, 웃긴 이야기 들을 언니는 재미있게 풀어놓았습니다. 제가 한 번도 가보지 못한 지역에 대해서도 얘기해줬어요.

제가 처음 휴가를 나갔을 때, 언니는 엄마와 저를 데리고 부산에 갔습니다. 그때 저도 처음으로 고속 열차라는 것을 타봤어요. 열차의 속도감에 어리둥절한 저와 엄마에게 언니는 열차의 길이, 탑승객 숫자, 이 속도의 대단함에 대해 이야기했지요. 앞으로는 이 열차를 타고 여러 지역에 빠르게 갈 수 있다면서 들뜬 목소리로 말하던 얼굴이 기억납니다.

"윤주 씨!"

언니는 우리 칸에 들어온 승무원과 반가운 인사를 했습니다. 윤주 씨는 말이야, 윤주 씨는 그렇거든……. 전화 통화를 할 때 하도 많이 들어본 이름이어서 아는 사람을 본 것 같았어요. 큰 키에, 웃는 모습이 환한 사람. 짧은 시간 동안 우리는 무슨 이야기를 나누었을까요.

"별건 아닌데…… 이거라도 드시면서 가세요."

그 얘길 하면서 그분은 비닐봉지 하나를 건네고 자리를 떠났습니다. 비닐봉지에는 생수, 마른오징어, 캔 맥주, 아몬드초콜릿, 귤,

땅콩이 들어 있었어요. 그것들을 나눠 먹으며 부산으로 가던 길에 이상하게 마음이 놓이고 편안해졌던 기억이 납니다. 엄마도 언니도 세상에 뿌리를 내리고 잘 살아가고 있다는 안심이었습니다.

언젠가 언니는 그때가 자신의 어린 시절보다도 더 먼 과거처럼 기억된다고 말했습니다. 해운대 해수욕장에서 세 모녀가 나란히 서 있는 사진을 보면서 언니는 그렇게 말했어요.

"이건 내가 아니네."

그렇게 말하며 언니는 작게 웃어 보였습니다.

"내 눈에는 똑같은데 뭘."

제 말에 언니는 얼굴에 어린 웃음을 지우고 저를 가만히 바라봤습니다. 언니의 말이 무슨 뜻인지 몰랐던 건 아니었지만 저는 애써 태연한 얼굴로 "너 그렇게 안 늙었어"라고 얼버무렸습니다.

처음에는 언니가 어떤 일을 겪고 있는지 알지 못했습니다. 아니, 아직도 저는 언니가 그때 어떤 일을 겪었는지 알지 못합니다.

그런 생각을 했던 적이 있었어요. 언니가 수녀가 되고 제가 사회에 나갔다면 어땠을까. 사람을 잘 믿지도 않고, 웬만해선 마음을 열지도 않고, 정을 잘 주지도 않으며, 피해를 볼 일이라면 피해가고, 인정에 연연하지 않는, 꽤나 계산적이고 냉정한 제가 언니의 자리에 있었다면 어땠을까. 어째서 언니가, 그토록 의심 없이 사람을 믿고 좋아하던 언니가 그 자리에 있었을까.

수녀가 된 지 꼭 1년이 되던 3월이었습니다. 그런대로 수녀원 생활에 적응을 하고 나름의 재미를 찾아가던 시기였습니다. 당신께도 말하지 않았지만 그 어느 때보다도 하느님이 가까이 느껴졌어요. 제가 수녀원의 포근한 침대에서 눈을 뜨고 따뜻한 음식을 먹고 기도 시간에 하느님의 사랑을 찬미하고 있을 때 언니는 3월의 차가운 콘크리트 바닥에 앉아 있었던 겁니다.

문제는 그 전해부터 시작되었다고 합니다. 언니가 저를 잘 속인 건지, 제가 무감했던 것인지 저희 자매의 통화는 예전처럼 유쾌했습니다. 텔레비전도 신문도 없고, 인터넷도 한정적으로 사용할 수 있었기에 저는 바깥소식을 잘 알지 못했습니다. 엄마에게도 언니는 입단속을 해놓은 모양이었어요. 그러나 그해 3월이 되면서, 둔감한 저도 언니의 목소리가 달라졌다는 것을 알아차릴 수 있었습니다.

"정말 몰랐어요?"

휴가를 다녀온 룸메이트 수녀님이 제게 이야기해줄 때에야 저는 언니가 어떤 상황에 처했는지 대충이나마 알아차리게 됐습니다. 저와는 달리 사회생활을 경험하고 수녀원에 들어오신 그분은 너무 염려하지 말라며, 잘잘못이 분명한 사안이므로 파업이 오래가지 않을 거라고 이야기했습니다.

"이건 일종의 취업 사기 같은 거예요. 약속을 했으면 지켜야지, 이제 와서 딴말을 하니까⋯⋯. 세상이 어떻게 되려고 이러는지 모르겠어. 이렇게 어린 사람들 마음에 상처를 주고. 내가 젬마를 생각하니 속이 상해서……"

몇 번이나 언니에게 전화를 했지만 언니는 전화를 받지 않았습니다. 다시 기회가 생겨 전화를 했을 때 언니는 평소의 밝은 목소리로 전화를 받았어요.

"어디야?"

"어디긴. 여기 종로야. 놀고 있어."

"언니, 넌 내가 바보로 보이지."

언니가 침묵하는 동안, 수화기 너머로 사람들의 웅성거리는 소리가 들렸습니다.

"밥은 잘 먹고 다니니."

"나 굶는 거 봤어? 다 먹고 다니지."

"언니."

"응?"

"고생하지 말고 그냥 관둬, 제발. 뭐 하러 안 해도 될 고생을 해."

"수영아."

한동안 언니의 숨소리만 들렸습니다.

"사람은…… 사람은…… 그렇게 살면 안 돼. 나중에 전화할게. 지금 바빠."

전화가 끊어지고 저는 한참 동안 전화기 앞에 앉아 있었습니다. 저녁기도를 하면서 입으로는 기도를 했지만 마음은 언니가 있을 농성장에 가 있었습니다. 대체 무슨 말을 하는 거야. 저는 생각했어요. 더러운 건 그냥 피하는 거지. 마음 약한 사람이 뭘 어쩌겠다는 거야.

언니는 그 후로도 제 전화를 받지 않았습니다. 언니가 처한 사정에 대해 저는 룸메이트 수녀님에게 그리고 엄마에게 물어 알아갈 수 있었습니다. 회사는 여승무원 전원을 비정규직으로 계약했습니다. 언니가 비정규직이었다는 것은 이미 알고 있는 사실이었습니다. 회사는 채용 공고에서 2년 뒤 정규직 전환을 약속했습니다. 그러나 입사한 지 2년의 시간이 지나자 회사는 앞으로도 직접 고용은 없을 것이며, 다른 위탁 업체를 통해 비정규직으로 재계약을 해야 한다는 뜻을 전했습니다. 회사는 승무원들의 실제 사용자였다는 사실 자체를 부인했습니다. 회사의 뜻을 받아들이지 않는다면 해고라는 말은 협박이었어요.

룸메이트 수녀님은 모든 일이 다 잘될 거라고 저를 격려했습니다. 회사가 처음부터 약속한 사실이 명백히 있고, 위탁 고용이라고 하지만 실제로 업무 지시를 내리고 사원들을 관리한 것도 회사였다는 말이었습니다.

"걱정 마요, 젬마."

그렇게 이야기하는 수녀님 앞에서 저는 고개를 숙였습니다.

우리는 옳다고 해서 이기고, 옳지 않다고 해서 지는 세상에 살고 있지 않다고 저는 생각했습니다. 강함과 약함이 있을 뿐이겠지요. 강한 쪽은 어떤 경우에도 모든 것을 잃지 않습니다. 그러나 약한 쪽은 최소한의 권리를 지키기 위해 전부를 걸어야 해요. 룸메이트 수녀님이나 엄마나 언젠가는 언니의 정당한 요구가 관철되

리라고 이야기했지만 저에게는 그런 확신이 없었어요.

지원기가 끝나고 청원기가 시작되었습니다. 언니가 파업을 하는 동안에도 수녀원의 목련 나무에는 꽃이 피고 마당 잔디도 푸르게 돋아났습니다. 목련꽃이 질 무렵, 새로운 지원자들이 수녀원에 들어왔어요. 언니는 계속 전화를 받지 않았습니다. 저는 그때 처음으로 당신께 언니가 처한 상황에 대해 말씀드렸습니다. 당신은 별다른 말 없이 가만히 제 이야기를 듣고 계셨지요. 이틀 뒤, 저는 뜻밖의 하루 휴가를 받았습니다. 휴가를 나가는 아침 식사 자리에서 저는 눈빛으로 당신께 고마운 마음을 전했지요. 당신도 눈빛으로 제 마음에 답했습니다.

저는 버스를 갈아타고 서울역으로 갔습니다. 사복을 입은 승무원들이 한쪽에 모여 앉아 있었고, 몇몇이 역사에서 전단지를 나눠주고 있었어요. 언니를 찾는 건 어려운 일이 아니었습니다. 언니는 경부선 출입구 쪽에서 전단지를 나눠주고 있었어요. 운동화에 청바지, 티셔츠를 입고 밝게 웃고 있더군요. 저와 눈이 마주치자 언니는 눈을 크게 뜨고 장난스럽게 웃다가 제가 언니 쪽으로 다가가자 두 손으로 얼굴을 가리고 서서 울었습니다. 저는 전단지를 담은 언니의 가방을 제 어깨에 메고 언니를 안았습니다.

우리는 벤치로 가서 언니의 울음이 잦아들 때까지 한참을 앉아 있었어요. 그곳에서 저는 역사에 모여 있는, 전단지를 나눠주는 승무원들 곁을 지나가는 사람들의 표정을 봤습니다. 오랜 시간이 지나도 잊히지 않을 차가운 표정이었어요. 울음이 잦아든 언니가 말했습니다.

"네가 아무것도 이해하지 못해도 괜찮아. 나라도 그랬을 거야. 나라도 이해하지 못했을 거야. 그래도 너는 내 동생이니까…… 우리가 지치지 않을 수 있게 기도해줄 수 있겠지."

"그럴게."

"그렇게 해줘."

"그럴게. 그럴게, 언니."

막상 언니의 모습을 직접 보니 지치면 관두라는 말이 입에서 떨어지지 않았습니다. 전단지를 읽고, 편의점에서 시사 잡지를 구해 읽으면서 제가 어떤 충격을 받았는지 언니에게 전하지는 않았습니다. 평화로운 대화를 원했던 자리에 전투경찰이 투입되었고, 5월 초에는 80명의 승무원들이 강제 연행되어 48시간 동안 구금된 일 같은 것들을 저는 그날이 되어서야 알게 되었습니다. 수녀원으로 돌아와 자리에 누웠지만 가슴이 뛰어 잠이 오지 않았습니다. 몸은 수녀원에 있지만 온 마음이 수녀원 담장 밖을 향하고 있었어요.

6월에 저는 언니로부터 한 통의 편지를 받았습니다.

오늘에야 너에게 편지할 수 있는 시간이 생겼어. 넌 그새 몇 번 전화를 했더라. 괜히 나랑 전화했다가 네가 영향받을까 봐 당분간은 통화하지 않는 것이 좋다고 생각했어. 넌 이해할 수 있겠지.

성소 분별에 들어갔을 때 수녀님이 그러셨잖아. 세상에는 수도 성소만 있는 것이 아니라고. 각자 받은 성소를 발견하고 그 안에서 하느님을 따를 수 있어야 한다고. 그 말이 나를 자유롭게 했던 것 같아. 평생 남자도 못 만나고, 단체 생활을 해야 하고…… 그렇게 살 자신이 없었거든. 하느님만 보고 살기에 나는 세상을 너무 좋아하는 사람이었으니까. 친구들이랑 웃고 떠들고, 필름 끊길 때까지 술 마시고, 심심하면 담배나 피우면서 그렇게 사는 행복.

그날 내가 하도 울어서 네가 놀랐을까 봐 걱정이 됐어. 나도 놀랐어. 그 눈물이 다 어디서 왔을까 싶어서. 그냥 네 얼굴을 봐서, 마음이 놓이고 또 놓여서 그랬던 것 같아. 그러니 걱정하지 마. 이젠 너에게 가리고 숨기고 할 것도 없지. 기왕 너도 다 알게 된 일, 내 마음에 대해서 너에게 전하고 싶어 이렇게 써.

5월 31일에 회사와 맺은 나의 계약은 해지되었어. 회사가 원하는 방식으로 재계약하지 않았으니까. 회사는 선착순 5명에게는 정규직과 승진을 약속하겠다고 했어. 그렇게 5명이 갔지만 나는 그 동료들의 선택을 이해해. 나쁜 건 그런 식으로 우리 사이를 갈라놓으려는 회사의 비열함이겠지. 그래, 비열함.

경찰에게 강제 연행될 때 무서워서 몸에 오한이 들었어. 몸이 바들바들 떨리는 게…… 끌려가는 게 너무 무서워서 벌벌 떨면서도 정신은 어느 때보다도 또렷해지더라. 아, 이런 거구나. 아, 이런 거였어? 울고 소리 지르는 동료들에 둘러싸여서 난 눈을 똑바로 뜨려고 했어. 하느님…… 하느님도 지금 이걸 보고 계시냐고 묻고 싶었지. 우린 짐짝처럼 실려 영창에 가둬졌어. 그때 우리가 어떤 말들을 들었는지 너에게 이야기하고 싶지는 않아. 우리가 젊은 여자들이 아니었더라도 그들이 그런 말과 행동을 했을까, 그렇게 대우했을까. 48시간을 다 채우고 우리는 풀려났지만……

수영아.

난 그날 이전의 나로 되돌아갈 수는 없을 것 같아. 그 일을 겪은 많은 동료들이 우리를 떠났고, 떠나고 있어. 네가 나보고 그냥 떠나버리라고 말했을 때 내가 너에게 했던 말 기억해? 사람은 그렇게 살면 안 된다는 말.

아니야, 사람은 그렇게 살아도 돼. 떠나도 돼. 피해도 돼. 인간 이하의 대접을 받으면서 폭언을 듣고 조롱을 당하고 되돌릴 수 없는 상처를 입지 않아도 돼. 너에게 그 말을 했을 때 나는 우리 투쟁이 이렇게 아플 줄은 몰랐어. 몸은 고되고 피곤할지는 몰라도 정신만은 자유로울 수 있다고 생각했으니까. 그런데 아니었어. 나는 겨우겨우 견뎌내고 있는 것 같아.

전단지를 나눠줄 때 화를 내는 사람도 있어. 회사와 관계된 사람도 아니고, 본인 이해관계가 걸린 일도 아닌데 얼굴을 보면서 쌍욕을 하는 거야. 너희가 공부를 잘했으면 여기서 이러고 있겠느냐, 정규직으로 취직하는 게 그렇게 쉬운 줄 아느냐. 그런 사람들은 무시하면 그만이지만 우릴 빤히 바라보는 시선, 그것만은 절대 익숙해지지가 않아. 짜증난다는 표정을 짓고 내 손을 치고 가는 사람들을 견딜 수 있어. 그런데 내 앞에 서서 머리부터 발끝까지 내 모습을 뜯어보는 사람들의 시선은 힘이 드네.

네가 가고 며칠 지나지 않아 대학 은사님을 뵀어. 선생님은 내 동료가 나눠준 전단지를 읽고 계셨지. 반가운 마음에 선생님께 걸어갔어. 선생님, 내가 그분을 부르려고 하니 그분이 고개를 들어 내 얼굴을 보더라. 무표정한 얼굴이었어. 반가운 마음에 눈물을 참는 내 앞에서 그분은 전단지를 신경질적으로 동그랗게 말아서 내 손에 쥐어줬어.

"젊은 사람들이 거저먹으려고……."

그분은 혀를 차며 나를 지나쳐 갔어. 동그랗게 만 전단지를 손에 쥐고 난 한동안 굳은 채로 거리에 서 있었지. 순간의 일이어서 난 내가 무슨 일을 겪었는지를 제대로 이해할 수 없었어. 구겨진 전단지를 가방에 넣고 최대한 밝은 표정을 지으려고 애쓰면서 남은 전단지를 지나가는 사람들에게 나눠줬어.

나는 그저 사람일 뿐이야. 난 생각했어.

한때는 하느님이 너무 멀리 계시다는 생각을 했지. 그런데 수영아, 이제는 사람들이 하느님보다도 더 멀리 있는 것 같아. 우리의 뜻이 단 한 사람의 마음에라도 온전히 닿을 수 있을까…….

나의 이 나약함을 위해 기도해줄 수 있니. 나는 내가 겪는 이 고통을 다른 사람들에게까지 물려주고 싶지는 않아. 그것뿐이야.

저는 언니의 편지를 들고 서서 움직일 수 없었습니다. 언니가 부산으로, 대전으로 농성을 다니고 있을 때 저도 청원기를 지나 수련기 수녀의 과정을 시작했습니다. 저는 일주일에 한 번 주어진 당신과의 만남에서 언니에게 들은 이야기들을 전했어요. 당신께 이야기하고 나면 마음이 조금은 편안해져서 그랬던 겁니다. 그날도 다른 때와 마찬가지로 저는 언니의 이야기를 했습니다. 별다른 말도 아니었는데 당신의 눈가는 붉어졌습니다. 한참을 말을 잇지 못하던 당신이 입을 열었습니다.

"저는 스무 살에 수녀가 됐습니다. 27년을 수녀로 살았어요. 봉쇄 수녀원이 아닌 이상 세상과 맞닿을 수밖에 없지만……. 젬마, 저는 바깥세상에 대해서 아무것도 아는 것이 없습니다. 그 사실이 저를 괴롭게 했어요."

당신은 종신서원까지 하고서도 수녀를 그만뒀던 후배 수녀에 대해 이야기했습니다.

"군인들이 동생을 죽였다고 하더군요. 동생뿐 아니라 친구의 언니를, 이웃 아저씨를……. 동생의 시신을 찾을 수 있어 기뻤다고 말하는데 그 앞에서 내가 무슨 말을 할 수 있었을까요. 저는 1980년 그해 봄을 어린 수녀로 행복하게 보냈습니다. 하느님과 더 가까워졌다고 믿었어요. 제가 이 아늑한 수녀원 안에서 내적 만족을 느끼고 있을 때 같은 시간 바깥에서는 그런 일이 벌어지고 있었던 겁니다. 그때 하느님은 어디에 계셨던 거지? 죄 없는 사람들이 살육당하는 순간에도 하느님은 좋으신 분이시라고 찬미하는 수녀들의 기도를 듣고 계셨나? 기도 시간에 저는 입으로 기도를 했지만 마음으로는 그럴 수가 없었어요."

당신은 이렇게 말하고 쓸쓸하게 웃었습니다.

"제가 발에 맞는 신발을 이야기했었나요. 그렇게 눈을 뜨고 나니 수녀로서의 삶이라는 건 조금만 걸어도 물집이 잡히는 아픈 신발 같았어요. 아물면 다시 터지고 아물면 다시 터지는 거죠⋯⋯."

거기까지 말하고 당신은 다시 침묵했습니다. 무표정한 얼굴로 깍지 낀 손을 바라보고 있었지요. 그때 당신은 명랑한 교육 담당 수녀도, 사려 깊은 저의 담당 수녀도 아니었습니다. 그 이후에 어떤 마음으로 계속 수녀로 살게 되었는지 당신은 설명하려 하지 않았습니다. 한동안 아무 말도 없이 우리 둘은 그렇게 앉아 있었어요. 저는 언니에게 당신이 언니 이야기를 듣고 보인 반응에 대해 자세하게 이야기했습니다. 그제야 언니는 말하더군요. 당신이 농성장에 따뜻한 국과 밥을 들고 찾아왔던 날의 이야기를. 그것이 언니에게 어떤 힘이 되었는지에 대해서⋯⋯.

어떻게 말해야 할까요. 파업이 시작된 지 2년이 지난 봄, 언니는 투쟁을 포기했습니다. 몇 달간 지속되어온 감기가 폐렴으로 진행되었고, 퇴원 후에도 농성에 참여했지만 힘들어했어요. 남자 친구와 결혼 이야기가 오고 간 것도 그 무렵이었습니다. 제가 알고 있는 건 고작 그것뿐이었어요. 언니의 마음에서 어떤 일들이 벌어졌는지 저는 아무것도 이해하지 못합니다. 포기라는 말이 적당한 것인지조차 저는 모릅니다.

겉으로 봤을 때 모든 것은 다시 제자리를 찾은 것만 같습니다. 언니는 결혼을 했고 딸아이도 하나 낳았지요. 저는 5년간의 유기 서원 기간을 거쳐 종신 수녀가 되었습니다. 모든 것이 이토록 아무렇지 않게 평온한 이때, 왜 저는 10년 전의 시간을 당신께 이야기하고 있는 것일까요. 왜 저는 그때 제 언니의 이야기를 들으며 눈시울이 붉어지던 당신의 모습을 잊을 수 없는 걸까요. 우리 언니가 끝까지 가지 않아서 다행이라는 인간적인 마음 뒤로…… 어째서 마지막까지 간 사람들이 오로지 마지막까지 갔다는 그 이유로 아픈 시간을 짊어져야 하는 것인지 저는 알고 싶었습니다.

대법원의 판결에 절망한, 마지막까지 갔던 승무원 중 한 분이 자살한 소식을 들은 날, 언니는 저에게 전화를 걸어 알 수 없는 말들을 했습니다. 한 마디도 제대로 이해할 수 없는, 부서지고 찢어진 말들이었어요. 넌 내 말을 들으려 하지 않는 거잖아. 언니는 말했습니다. 저는 귀를 막고 싶었습니다. 아무 말도 알아들을 수 없었어요.

그때부터였던 것 같습니다. 밤의 한가운데에서 깨어나 다시는 잠들지 못하게 된 건. 홀로 눈을 뜬 채로 기도하지 못하는 마음을 바라보게 된 건.

언니는 2주 전에 두 번째 딸을 낳았습니다. 저는 새벽 내내 푹 끓인 미역국의 맛을 봅니다. 간장과 소금으로 간을 더합니다. 커다란 보온병에 언니에게 줄 미역국을, 작은 보온병에는 영명축일을 맞은 당신이 맛볼 미역국을 담습니다. 해가 뜰 무렵, 당신을 찾아가 국의 맛을 보여드리고 싶네요. 그리고 곧장 언니를 찾아가 잘 지은 밥과 함께 이 국을 주고 싶습니다.

　제가 지금 바라는 건 그것뿐이에요.

작가의 말

2018년 5월이면 KTX 해고 승무원의 투쟁이 시작된 지 12년이 된다. 투쟁 초기에 서울역에서 전단지를 돌리던 언니들의 모습이 떠오른다. 역사 바닥에 앉아서 집회를 하던 모습도, 언니들을 보면서 비난하던 사람들의 목소리와 시선들도 기억난다. 내 또래 언니들의 투쟁이, 용기가, 절망이, 사랑이 나는 늘 눈에 밟혔다.

신자유주의 시대에서 이십대와 삼십대를 지나온 나는 자연스레 세계에 대한 공포와 무력감을 학습했다. 돈이면, 힘이면 다 되는 세상. 궁지에 몰린 사람들은 가장 최소한의 것을 지키기 위해서 모든 것을 걸어야 하고, 상대는 그렇지 않다는 것을 나는 몸으로 배웠다.

세상은 두려움이라는 칼끝으로 우리의 뼈에 어떤 교훈을 새겼다. 함부로 덤비지 말고 싸우지 말고 피하고, 그것이 부당하고 폭력적이더라도 따져 묻지 않고, 그것이 전부이더라도 던지고 떠나야 한다는 교훈을. 너의 전부보다 더 많은 것을 앗아갈 수 있는 힘이 세상에는 존재한다는 교훈을 말이다.

한 번도 제대로 싸워본 적 없는 나에게, 매번 피하고 타협하며 살아왔던 나에게 언니들의 투쟁은 마음을 울린다. 처음에는 분노를, 나중에는 슬픔을 췄던 뉴스가 이제는 내게 도리어 힘을 준다. 멋지고 아름답고 강한 언니들. 아름다운 인간성의 역사로, 자랑스러움으로 기억될 언니들.

KTX 해고 승무원의 승리와 복직을 염원하는 마음으로 이 소설을 썼다.

매듭

· 황시운

황시운

2007년 서울신문 신춘문예에 단편소설 〈그들만의 식탁〉이 당선되며 작품 활동 시작.
제4회 창비장편소설상 수상. 장편소설 《컴백홈》이 있다.

바글바글 끓는 냄비에 낙지 세 마리를 연달아 넣었다. 축 늘어져 있던 낙지가 격렬하게 꿈틀거렸다.

"살아 있는 거예요?"

젊은 여자들 틈에 얌전히 앉아 있던 아이가 눈을 동그랗게 뜨며 물었다. 예닐곱 살쯤 되어 보이는 여자아이였다.

"그럼, 살아 있는 거지."

아이의 천진한 눈을 바라보며 말했다. 긴 유통 과정 내내 간신히 연명해온 중국산 낙지는 수돗물로 세척하는 동안 초주검이 되었지만, 그래도 어쨌든 살아 있었다.

"아이, 불쌍해! 엄마, 낙지가 불쌍해요."

아이가 제 옆의 여자에게 찰싹 들러붙었다. 일행들과 한창 대화 중인 여자가 건성으로 아이의 어깨를 토닥였다. 나는 더 이상 꿈틀대지 않는 낙지를 뒤적거렸다.

"얘들은 아픈 걸 모르니까 너무 걱정하지 않아도 돼."

걱정스러운 얼굴로 낙지를 쳐다보고 있는 아이에게 거짓말을 했다. 낙지도 고통을 안다. 살아 있는 낙지는 통증을 느낀다. 나는 아이의 눈을 바라보며, 아마도 낙지는 숨이 끊어지는 순간까지 끔찍한 고통 속에 있었을 거라는 생각을 했다. 죽어서야 비로소 통증에서 벗어날 수 있었겠지. 통증과 함께 지속되는 삶과 통증에서 벗어날 수 있는 죽음 중 낙지는 어느 쪽을 원했을까. 어느 쪽을 원했든 결과는 마찬가지였겠지만. 삶도 죽음도 당사자의 바람과는 상관없이 흘러가게 마련이었다. 윤의 인생이 그런 것처럼 말이다. 그러고 보면 통증을 느끼지 못하는 몸뚱이나 통증밖에 느끼지 못하는 몸뚱이, 어느 쪽이 되었든 이미 죽은 거나 마찬가지가 아닐까. 살아 있지만 살아 있는 것이 아닌, 지독히도 무의한 존재.

"정말 아픈 걸 몰라요?"

아이가 호기심 많은 강아지처럼 콧잔등을 찡그리며 물었다.

"그럼, 이렇게 가위로 싹둑 잘라도 아픈 걸 모른단다. 신기하지?"

붉은 기가 돌기 시작한 낙지를 건져 대가리를 잘라내며 말했다. 아이는 잘려 나간 낙지 대가리를 보자 더 힘껏 제 엄마의 품을 파고들었다. 대화에 푹 빠져 있던 여자가 흠칫하며 무슨 일이냐는 듯 아이와 나를 번갈아 쳐다봤다. 난처한 마음에 속입술을 잘근거렸다. 서둘러 남은 채소를 냄비 속에 쏟아붓고 분리한 낙지 다리를 적당히 잘랐다. 가위질을 할 때마다 손목을 바늘로 쿡쿡 찌르는 듯한 통증이 느껴졌다. 자른 낙지 다리를 두 개의 접시에 나눠 담아 테이블 위에 적당히 늘어놓았다.

"채소부터 건져서 낙지 다리와 함께 드세요. 대가리는 잊어버리고 계시면 제가 다시 와서 잘라드릴게요."

한 손으론 아이의 어깨를 감싸고 다른 한 손으론 술잔을 잡고 있는 여자에게 말했다. 여자는 건성으로 고개를 끄덕이며 아이를 감싸고 있던 팔을 풀었다. 아이가 제 앞에 놓인 수저를 들더니 냄비 속의 낙지대가리를 툭툭 건드렸다. 방금까지 근심과 두려움이 가득하던 아이의 새까만 눈동자가 어느새 장난스럽게 빛나고 있었다. 문득, 우리에게도 아이가 있었다면 어땠을까 하는 생각이 들었다. 옹이 박힌 가슴이 새삼스레 일렁였다. 체머리를 흔들며 돌아섰다. 가망 없는 희망이나 곱씹으며 낭비할 시간이 없었다. 저렴한 중국산 낙지를 취급하기 시작하면서 손님이 부쩍 늘었다. 식사 시간대는 물론 그렇지 않은 시간에도 엉덩이 붙일 틈 없이 바빴다. 그런데도 사장은 종업원을 더 채용하지 않았다. 이 집에서만 3년 가까이 일했다는 한 여사가 농반진반으로 손님이 늘었으니 종업원을 늘리든 월급을 올려주든 해야 하는 거 아니냐고 하자 사장은 정색을 하며 말했다.

"아줌마, 왜 이래? 가게 한가할 땐 아줌마가 월급 덜 챙겨 갔어요? 힘들어서 못하겠으면 그만둬요. 아줌마 아니어도 일할 사람 많으니까."

이후론 누구도 그런 말을 꺼내지 않았다. 덕분에 잘라야 할 낙지 대가리는 언제나 끝도 없이 밀려 있었다. 서빙 카트를 밀고 다음 테이블로 갔다.

"왔다!"

다 큰 남자들이 어린애들처럼 소리쳤다. 나는 말끝마다 '씨발'이나 '존나'를 붙이는 젊은 남자들의 시선을 한 몸에 받으며 낙지를 집어 올렸다. 시들시들한 낙지를 펄펄 끓는 육수에 담그자 이번에도 낙지는 격렬하게 꿈틀댔다. 자율신경의 장난이든 실제로 통증을 느껴서 괴로워하는 것이든 무슨 상관이겠는가. 낙지는 그저 낙지일 뿐인데.

"와, 이놈 이거 싱싱한 것 좀 봐라!"

남자들 중 하나가 소리치자 나머지 남자들도 저마다 탄성을 토해냈다. 고통의 몸부림이 싱싱한 생명력으로 둔갑하는 순간이었다. 살짝 데친 낙지의 대가리와 다리를 분리했다. 냄비에 남은 채소를 쏟아붓고, 분리한 낙지 다리를 적당히 잘라 두 개의 접시에 나눠 담았다. 전작이 있었는지 이미 얼큰하게 취한 남자들은 나의 모든 움직임에 탄성을 지르거나 박수를 치며 치근거렸다. 유치하고 무례했다. 접시를 테이블에 내려놓으려는데 남자들 중 하나가 손목을 덥석 움켜잡았다. 순간 날카로운 통증이 느껴져 남자의 손을 거칠게 뿌리쳤다. 남자들의 야유가 쏟아졌다. 나를 향한 것인지 내가 뿌리친 손을 향한 것인지는 알 수 없었다.

"이런, 씨발년이!"

손목을 움켜잡았던 남자가 큰 소리로 욕지거리를 내뱉으며 벌떡 일어났다. 왁자하던 식당 안이 순식간에 조용해졌다. 갑작스러운 사달에 카운터를 지키고 있던 사장이 쫓아왔다. 사장은 비굴해 보일 정도로 허리를 굽실대며 남자에게 사과했다. 틈틈이 나를 흘겨보고 옆구리를 쿡쿡 찌르기도 했다. 내 잘못이 아니라는 걸 사장이 모를 리 없었다. 단지 술 취한 손님보다는 얼마든지 대체 가능한 종업원이 후려치기 쉬울 뿐이었다. 사과하지 않을 도리가 없었다. 잠깐의 망설임 끝에 막 입을 떼려는데 남자의 우악스러운 손이 내 뺨을 올려붙였다. 그러고도 분이 풀리지 않는지, 남자는 테이블 위의 술병을 집어 바닥에 패대기쳤다. 요란스러운 소리와 함께 유리 파편이 사방으로 튀었다. 조용하던 가게 안이 다시 술렁이기 시작했다. 사장이 비명을 지르며 주방에 있는 제 남편을 불러댔다. 낙지나 주무르고 있기엔 지나치게 건장한 체격의 최가 뛰어나왔다. 그때껏 비식비식 웃으며 구경만 하고 있던 남자의 일행들이 우르르 일어나 남자를 붙잡았다. 화끈거리는 뺨을 감싸 쥐고 주춤주춤 뒷걸음질 치다가 새까만 눈동자의 여자아이와 시선이 부딪쳤다. 아이는 제 엄마의 팔에 매달려 얼굴을 반쯤 가린 채 이쪽을 쳐다보고 있었다. 나는 도망치듯 가게를 빠져나왔다. 때로 수치심은 모든 감정을 압도한다.

살짝 주저앉은 현관문을 당기자 뻑뻑한 문에서 쇠 긁는 소리가 났다. 닫을 때도 마찬가지였다. 주인집에 고쳐달라고 해봤지만 휠

체어가 드나들다가 문을 망가뜨렸으니 이사 나가기 전에 고쳐놓으라는 소리를 들었을 뿐이다. 건물 자체가 노후해서 벌어지는 일이 분명했는데도 주인은 막무가내였다. 더는 까먹을 보증금도 남아 있지 않은 주제에 별소리를 다 한다는 투였다. 아귀가 맞지 않는 문은 한 번에 닫히는 법이 없었다. 문을 다시 열었다가 힘껏 닫았다. 어김없이 끼이익, 쇠 긁는 소리가 났다. 등줄기와 팔에 오소소 소름이 돋았다.

신발을 벗다 말고 우뚝 멈춰 섰다. 윤은 상판을 세운 침대에 기대앉아 로프와 씨름하고 있었다. 출근할 때 본 모습 그대로였다. 내가 돌아온 걸 아는지 모르는지 그는 오른손에 걸린 로프를 왼손 손등 너머로 넘기는 데에만 몰두하고 있었다. 로프를 왼쪽으로 넘기고 나면 다시 오른손으로 끌어와야 할 터였다. 모든 매듭은 고리를 만드는 데서부터 시작된다. 매듭법 따위엔 별 관심 없는 나도 그 정도는 알고 있었다. 하지만 윤이 고리를 만들어낼 가능성은 거의 없었다. 설사 운 좋게 고리를 만들어낸다 해도 그걸 묶고 당겨 매듭지을 능력이 그에겐 없었다.

긴 병원 생활을 마치고 집으로 돌아오자 윤은 로프부터 찾았다.

"로프는 왜?"

내 물음에 한참 동안 침묵하던 윤이 대답했다.

"매듭을 묶으려고."

빙벽 등반은 그의 오랜 취미이자 사고의 원인이었다. 선등 과정에서 추락 사고가 있었다. 사고 현장에 있다가 이송 과정까지 함께 하게 된 동호회장은 윤이 5년 가까이 선등을 도맡아오다시피 했지만 작은 실수조차 없었다며 황망해했다. 어쨌든 그 사고로 경수(頸髓)와 흉수(胸髓)가 손상됐고 윤의 사지는 마비되었다. 잘못 묶은 매듭 하나가 본인은 물론 내 인생까지 한꺼번에 낭떠러지 아래 처박아버렸는데 또다시 매듭이라니, 어쩐지 불길한 기분이 들었다.

"말도 안 돼. 그걸 지금 어떻게 묶겠다는 거야. 괜한 일에 힘 빼지 말고 할 수 있는 것부터 하자."

그 후로도 그는 틈만 나면 로프를 찾았고 나는 거절을 반복해야 했다.

겨우 팔꿈치를 굽히고 손목을 약간 젖힐 수 있게 되었을 뿐이다. 불완전 손상이라고는 해도 손상 정도가 워낙 심해서 그 정도 움직임이 가능해지기까지도 꼬박 5년이 걸렸다. 더구나 양어깨와 팔, 그리고 척추를 따라 박은 수십 개의 핀 때문에 어깨의 각도는 거의 나오지 않았다. 재활병원에 있을 때 보조기를 맞추긴 했지만 아직 혼자서는 수저질도 제대로 못하는 수준이었다. 제 입으로 들어가는 밥숟가락의 무게도 견디지 못하는 손으로 매듭이라니, 어림없는 일이었다.

"그런다고 그게 되겠니?

그제야 윤이 고개를 들어 나를 쳐다봤다.

"왜 이렇게 일찍 왔어? 무슨 일 있었어?"

밤낮없이 계속되는 통증을 견디느라 얼굴은 잔뜩 찌푸린 채였지만 목소리만은 평온했다. 사고 이후 지금껏, 그는 내가 아무리 못되게 굴어도 싫은 내색을 하는 법이 없었다. 병원 생활을 하는 동안, 몸도 제대로 가누지 못하는 주제에 간병하는 아내를 쥐 잡 듯 잡는 놈들을 여럿 보았다. 하지만 윤은 그러지 않았다. 반복적 으로 몰려오는 통증과 좀처럼 호전되지 않는 몸의 상태가 짜증스 러울 법한데도, 그걸 빌미로 제 감정을 함부로 휘두르지 않았다. 통증을 참느라 이를 바득바득 갈다 치아가 부러졌을 때조차 괜찮 다고만 했다. 딱 한 번 화를 낸 적이 있지만, 그건 아주 예외적인 상황이었다. 그는 자신의 처지를 비관할망정 그 화풀이를 다른 사 람에게 하지는 않았다. 사고 전과는 전혀 다른 모습이었다. 과거 에 그는 자주 화를 냈고 금세 후회하면서도 사과할 줄 모르는 사 람이었다. 이해할 수 없는 고집 때문에 헤어졌다 다시 만나길 반 복하기도 했다. 그땐 그의 다혈질적이고 고집불통인 성미가 변하 기를 바랐는데, 이젠 그의 변화가 마음에 들지 않았다. 흥분하는 법 없이 매사 단정하기만 한 태도가 낯설고 싫었다. 결국 로프를 내주고 만 이후로는 나도 모르는 내 속을 훤히 꿰뚫어 보는 듯한 그의 눈빛이 두려웠고, 불가능한 일이라는 걸 뻔히 알면서도 매듭 에 골몰하는 집요함이 징그러웠다. 무엇보다 그를 일으켜 앉히기 까지 내가 치른 희생이 조롱당하는 것만 같아 견딜 수가 없었다. 윤의 손가락 사이에 걸린 로프를 거칠게 낚아챘다. 그 바람에 그 의 두 손이 연달아 툭, 툭 떨어졌다. 중력을 이기지 못하고 낙하하 는 사과처럼, 무심한 가위질에 잘려나가는 낙지 대가리처럼, 아무나 후려쳐도 상관없어진 나의 자존심처럼.

"작작 좀 해. 지겨워 죽겠어, 정말!"

야멸차게 쏘아 붙이며 돌아섰다. 로프를 둘둘 말아 서랍 속에 처박았다. 지금도 윤은 모든 걸 다 알아버린 듯한 눈으로 내 등을 바라보고 있을 것이다. 뱃속이 활활 타오르는 기분이었다. 꽉 쥔 주먹이 부들부들 떨렸다.

그때 나는 무엇을 증명하고 싶었던 것일까. 도대체 내가 무엇을 증명할 수 있다고 생각했던 것일까. 천천히 돌아섰다. 윤은 여전히 나를 응시하고 있었다. 파리한 얼굴에 눈자위가 벌겋게 충혈돼 몹시 피곤해 보였다. 그의 시선을 피하지 않고 응시했다. 분노인지 패배감인지 모를 감정으로 들끓던 마음이 차츰 가라앉았다.

"당신 말이 맞았어. 난 실패했어."

폐부 깊숙한 곳에서 새어 나온 파열음이 그에게로 날아가 박혔다. 어둡고 축축한 그의 눈동자에 균열이 일기 시작했다. 한 걸음만 잘못 내디뎌도 깊이를 가늠할 수 없는 크레바스에 빠지고 말 것만 같았다. 도망치고 싶어도 도망칠 곳이 없었다. 주저앉아 울고 싶었다. 그 역시 마찬가지일 터였다. 우리는 한참 동안 서로를 응시하다 누가 먼저랄 것도 없이 고개를 떨어뜨렸다.

"헤어지자."

사고가 난 지 2년이 다 되어가던 어느 날, 뜬금없이 윤이 말했다. 갑자기 밀려 나온 대변 뒤처리를 하기 위해 침상 칸막이 커튼을 둘러치던 중이었다. 커튼을 치다 말고 그를 돌아봤다. 또다시 꾸르륵꾸르륵, 무른 똥이 밀려 나오는 소리가 났다. 통증 때문에 가뜩이나 찌푸린 그의 얼굴이 더할 수 없을 만큼 심하게 일그러졌다. 그런 그의 얼굴을 보고 있으면 온 세상이 꾸깃꾸깃 구겨져버리고 말 것만 같았다. 돌아서서 커튼을 마저 쳤다.

"말도 안 되는 소리 그만해."

윤의 고개를 내 쪽으로 돌려주며 말했다. 그가 눈을 질끈 감았다. 그의 두 팔을 올려 가슴께에 모아준 뒤 오른쪽 다리를 굽혀 왼 다리 위에 포갰다. 어깨와 허리를 감아 안고 내 몸집의 족히 두 배는 될 그의 몸을 돌려 눕힐 땐 나도 모르게 끄응, 하는 신음 소리를 냈다.

"놔두고 엄마 불러."

윤이 낮게 뇌까렸다. 못 들은 체하고 맞은편으로 가 그의 엉덩이를 뒤로 빼 자세를 잡아줬다. 기저귀에서 꾸역꾸역 밀려 나온 대변이 옷이며 시트에 잔뜩 뭉개져 있었다. 시트까지 갈아야 할 것 같았다. 윤의 등과 허리에 체위 변경 쿠션을 끼워 넣고 바지를 끌어 내렸다. 그가 짧은 한숨을 토했다. 기저귀를 풀어 빼낼 땐 으득으득 이 가는 소리까지 들렸지만 이번에도 못 들은 체했다. 위아래 환의를 모두 벗기고 시트 귀퉁이를 푸는데 윤이 다시 말했다.

"그냥 놔두고 엄마 부르라고."

"알았어, 알았다고. 우선 이거부터 치우고. 다른 사람들한테 폐 잖아."

통을 놓듯 대꾸했다. 윤은 대소변 문제에 지나칠 정도로 민감했다. 어쩔 수 없는 일이라는 걸 잘 알면서도 번번이 수치스러워했다. 일부러 못되게 구는 건 아니었지만, 그가 예민해질 때면 나까지 괴로워질 수밖에 없었다. 가끔은 남들처럼 무던하게 적응하지 못하는 그에게 짜증이 나기도 했다. 사고는 4년을 꽉 채운 연애 끝에 결혼식을 올린 지 석 달이 채 못 돼 일어났다. 혼인신고도 하기 전이어서 친정에선 진작부터 헤어지라는 종용이 있어온 터였다.

"야박하다고 해도, 사람 할 짓이 아니라고 해도 어쩔 수 없어. 나는 내 새끼가 먼저니까. 말도 안 되는 고집 그만 부리고 끝내. 결국에 가선 정리하고 말 거, 하루라도 빨리 정리하란 말이야. 윤 서방을 위해서도 그게 나아."

엄마는 아침저녁으로 전화해서 똑같은 소리를 반복했다. 가끔은 병원으로 찾아와 아직도 여기 있으면 어쩌겠다는 거냐며 화를 내기도 했다. 엄마는 나를 윤에게서 떼어놓지 못해 안달이었다.

"그리고, 부른다고 어머니가 지금 당장 오실 수나 있어? 자기까지 보태지 않아도 힘들어 죽겠으니까 괜히 고집부리지 말고 협조 좀 하자, 응?"

시트를 걷어서 환의와 함께 한쪽에 뭉쳐놓았다. 물티슈를 뽑아 엉망이 된 엉덩이와 등을 대강 닦아낸 다음 남은 대변을 받아내기 위해 엉덩이 밑에 방수 패드를 깔았다. 그러곤 항문에 넣어줄 좌약의 포장을 벗겼다.

"놔두랬지. 그냥 두라고 하면 좀 놔두라고! 씨발, 꺼지란 말이야.

제발 꺼져버리라고!"

윤이 미친 듯이 고함을 질렀다. 뜻밖의 반응에 놀라 나도 모르게 뒷걸음질을 쳤다. 윤이 침대 안전바에 머리를 쿡쿡 찍어대기 시작했다. 사지가 마비된 그로서는 할 수 있는 최대치의 저항을 하고 있는 것이었다. 병실 사람들이 몰려들었고 소란을 전해 들은 간호사들도 쫓아왔다. 수간호사가 그를 바로 눕혔다. 누가 그랬는지, 칸막이 커튼은 활짝 걷혀 있었다. 윤은 똥냄새가 진동하는 병실에서 군데군데 똥이 들러붙은 음모와 소변줄이 꽂힌 성기를 벌겋게 드러낸 채 수치심을 모르는 사람처럼 악을 써댔다. 수간호사가 일단 나가 있으라며 나를 병실 밖으로 밀어내고 열려 있던 커튼을 쳤다. 나는 포장 벗긴 좌약을 손에 꽉 쥔 채로 병실 앞을 서성거렸다. 담당 간호사가 처방을 받아 왔다며 안정제를 들여갔다. 윤은 간호사가 안정제를 들여가고 나서야 잠잠해졌다. 병실 안을 기웃거리며 웅성대던 사람들이 하나둘 제자리로 돌아갔다. 개중 몇몇은 내게 위로인지 푸념인지 모를 말을 건네기도 했다. 무너지듯 주저앉아 주먹을 펴보니 쥐고 있던 좌약이 불어터진 비누처럼 녹아 있었다. 잠시 녹아버린 좌약을 내려다보다 화장실로 갔다. 찬물에 손을 대자 녹았던 좌약이 촛농처럼 굳으며 들러붙었다. 수도꼭지를 온수로 돌려놓고 비누질을 했지만 잘 닦이지 않았다. 다시 한번 비누질을 하는데 울음이 터져 나왔다.

"나쁜 새끼! 이기적인 새끼! 개새끼!"

두 번, 세 번, 네 번…… 비누질을 반복하며 꺽꺽 밀린 울음을 토해냈다. 세수까지 말끔히 하고 병실로 돌아왔을 때 윤은 잠들어 있었다. 시트는 깨끗했고 환의도 갈아입힌 상태였다. 나는 병실 사람들의 노골적인 시선 속에서 윤의 등과 엉덩이, 그리고 발목에 쿠션을 괴어주었다. 꼬리뼈와 발뒤꿈치의 욕창이 나날이 심해지고 있었다.

다음 날, 시이모를 대동하고 나타난 시어머니는 병실이 있는 5층 엘리베이터 문이 열리자마자 병원이 떠나가라 통곡하기 시작했다. 모두들 눈살을 찌푸렸지만 통곡은 목에서 쇳소리가 날 때까지 계속됐다. 시어머니가 통곡을 멈추자 시이모는 내 손에 30만 원이 든 봉투를 억지로 쥐어주곤 도망치듯 병원을 빠져나갔다. 그때부터 꼬박 한 달 동안 우리 셋은 함께 지냈다. 윤은 걸핏하면 나를 쫓아내려 했지만 나는 가지 않겠다고 버텼다. 시어머니는 내 손길을 거부하는 윤을 돌보랴, 혹시 내가 딴마음이라도 먹을까 다독이랴, 산발이 된 머리카락을 가다듬을 새도 없이 바빴다. 밤이 되면 나를 대신해 시어머니가 보호자용 보조침상에서 자며 윤의 곁을 지켰다. 나는 휴게실 벤치에 모로 누워서 고집을 꺾지 않는 윤을 원망하며 쪽잠을 잤다. 다른 건 몰라도 목욕이나 관장을 할 땐 기운 달리고 요령도 부족한 시어머니 때문에 불편한 점이 많았을 텐데도, 윤은 끝끝내 나의 도움을 거부했다. 세 사람의 동거 아닌 동거는 내가 우리의 이름이 나란히 등재된 주민등록등본을 내밀고 나서야 끝이 났다. 등본을 본 시어머니는 나를 와락 안으며 다시금 통곡하기 시작했다. 그 순간 시어머니가 온몸으로 뿜어내던 안도감을 윤도 분명히 보았을 것이다. 그래서인지 더 이상은 내 손길을 거부하지 않았다. 그 모습에 시어머니는 다시 한번 안 도했지만 나의 불안은 그때부터 시작되었다.

"네 선택이 틀렸다는 걸, 언젠간 너도 알게 되겠지. 넌 실패할 거야."

윤이 한숨처럼 토해낸 말이 시발점이었다. 말도 안 되게 고분고 분해진 그의 변화 역시 좋지 않은 징조처럼 여겨졌다. 윤은 온몸 에서 돋아나는 가시를 생으로 뽑아내며 나날이 시들어갔다. 피를 철철 흘리면서도 신음 소리 한 번 내지 않았다. 만약에 그가 피 흘 리다 죽는다면 그건 전적으로 내 책임일 터였다. 윤은 더할 수 없 이 순하고 무력한 모습으로 내 목을 조여 왔다. 이미 벌어진 비극 에 아직 일어나지도 않은 비극까지 합세해서 나를 짓누르기 시작 했다. 무서웠다. 너무 무서운데 누구에게도 무섭다고 말할 수 없 어서 더 무서웠다.

잠들기 전 약을 챙겨 먹인 뒤 침대 상판을 내렸다. 베개를 바로 해주고 혹시라도 소변줄이 꼬이거나 꺾이지 않았는지 확인했다. 양 엉덩이 아래와 발목에 쿠션도 다시 괴어주었다. 꼬리뼈와 발뒤 꿈치의 욕창은 만성이 되어서 나을 만하면 재발하길 반복했다.

"돌아눕고 싶으면 참지 말고 나를 깨워. 내가 못 알아들으면 깰 때까지 부르라고. 알았어?"

공기 매트의 펌프와 호스를 확인하며 말했다. 윤은 대답하지 않았다.

"내가 한 번에 깨면 다행이지만, 혹시라도 못 일어날까 봐 그래. 알아들었지?"

다시 한번 물었지만 윤은 여전히 아무 대답도 하지 않았다. 이불을 덮어주며 내려다본 그는 두 눈을 꼭 감고 있었다. 문득 참을 수 없이 궁금해졌다. 나는 왜 가망 없는 희망을 놓지 못하고 있는 건지, 그는 왜 끝도 없이 수치심을 견뎌야 하는 건지, 나는 왜 진작 그에게서 도망치지 못했는지, 그는 왜 더 열심히 나를 밀어내지 않았는지, 내가 무엇을 그렇게 잘못했는지, 그는 또 무엇을 잘못했는지, 나는 왜, 그는 왜, 우리는 왜……

철썩, 철썩, 철썩, 철썩.

윤의 숱 많고 긴 속눈썹이 파르르 떨렸다. 그의 양 볼에 벌건 손자국이 선명했다. 그가 베고 있는 베개를 힘껏 잡아당겼다. 그의 머리가 힘없이 툭, 떨어졌다. 베개로 그의 얼굴을 사정없이 내리쳤다. 한 번, 두 번, 세 번…… 계속해서 내리쳤다. 베개를 집어 던지고 그의 머리카락을 꺼들었다.

"얼마든지 해봐. 네까짓 게 매듭을 묶을 수 있을 거 같아? 야, 이 병신아, 넌 이제 네 맘대로 죽지도 못해. 아직도 그걸 모르겠니?"

고집스레 두 눈을 꼭 감은 채 입을 앙다물고 있던 윤이 결국 컥컥 가쁜 울음을 토해냈다. 철썩, 철썩, 철썩, 철썩, 철썩. 이번엔 내 뺨을 때렸다. 아무리 때려도 아프지 않았다. 윤과 함께 있을 때, 나는 아프지 않았다. 온몸의 통각점이 모두 사라진 것처럼 손목도,

손가락도, 어깨도, 허리도, 다리도, 그 어디도 아프지 않았다. 우리가 함께 있을 때 통증에 시달리는 건 오직 윤뿐이었다. 통증 말고는 어떤 감각도 느끼지 못하는 그의 곁에서, 나는 살아 있지만 살아 있는 것이 아닌, 지독히도 무의한 존재가 되어 또 다시 철썩, 철썩, 철썩, 내 뺨을 때렸다. 나도 윤처럼 아프고 싶었다. 윤처럼, 울고 싶었다.

어쩌면 나는, 피 흘리는 윤을 구해내고 싶었는지도 모르겠다. 그것이 사랑이었든, 오기였든, 다른 무엇이었든, 나는 그저 그를 절망에서 건져 올려서 애초에 계획했던 우리의 삶을 살아가고 싶을 뿐이었다. 손목이 망가지도록 낙지 대가리를 잘라가며 그를 부양하다 보면 우리도 다른 사람들처럼 살 수 있을 줄 알았다. 하지만 로프와 함께 현실 너머로 숨어버린 윤은 돌아오려 하지 않았다. 언제나 나만 벌이가 쏨쏨이를 따라가지 못하는 현실 속에서 애면글면해야 했다. 나는 마누라가 딴마음이라도 먹을까 두려워 쥐 잡듯이 잡아대는 다른 놈들처럼, 차라리 그가 나를 얽어매기를, 끝도 없이 집착하기를, 비굴하게 매달려주기를 바랐다. 서서히 주저앉고 있는 지하방에서 나날이 늘어가는 빚을 깔고 앉아 되지도 않을 매듭이나 묶고 있는 그를 도저히 용서할 수가 없었다.

사장은 저녁 장사를 쉬는 둘째, 넷째 화요일마다 충북의 요양원에 입원해 있다는 친정 엄마에게 갔다. 사장이 집을 비우는 날이면 최와 나는 몸을 포갰다. 내가 가게에 출근하기 시작한 지 석 달쯤 되었을 때부터 지금까지 거른 적이 없었다. 호주로 유학 보낸 최의 딸이 방학을 맞아 잠시 귀국했을 땐 건너뛰겠거니 했지만, 아이가 뒤늦게 제 엄마와 함께 외할머니를 보러 가겠다고 나서는 바람에 만날 수 있었다. 그날 처음으로 우리는 그의 집 부부 침실에서 관계를 가졌다. 이후로도 그의 요구가 있을 땐 거절하지 않고 그의 집으로 갔다. 언젠가 최가 요양원에 있는 사장, 그리고 호주에 있는 딸아이와 다자간 영상통화를 했을 때도 나는 그들 부부의 침대 위에서 최의 허벅지를 베고 누워 있었다. 그가 머리 굵어진 아이에게 먹히지도 않을 잔소리를 늘어놓는 동안엔 혀끝으로 그의 페니스를 슬쩍슬쩍 간질이기도 했다. 꺼림칙하거나 죄책감이 느껴지지는 않았다. 어차피 사장에게 나는 있어도 없는 사람, 아무 때나 후려쳐도 상관없는 사람이었으니까.

최의 군살 없는 허벅지와 단단하게 솟은 엉덩이가 좋았다. 대체로 적당한 시점에 발기되는 그의 페니스가 기특했고 끝나지 않을 것처럼 파고드는 긴 호흡이 만족스러웠다. 젊은 애인에 대한 배려라고는 눈곱만큼도 없이, 오로지 저 편하자고 집으로 불러들이는 그의 이기적인 태도마저도 마음에 들었다. 나는 내 늙은 애인이 가진 대부분의 조건들이 좋았는데, 그중에서도 그가 결코 아내와 아이를 버리지 않을 남자라는 사실이 가장 좋았다. 그는 지금껏 그래왔던 것처럼 앞으로도 중국산 낙지를 다듬고 요리하며 그의 아내와 아이를 먹여 살릴 것이다. 어쩌면 다른 걸 만들지도 모르지만, 그가 가족 대신 나를 선택할 가능성은 전혀 없었다. 그가 언제든지 나를 버릴 수 있는 남자라는 확신은 이 예외적인 관계와 현실 사이의 거리를 유지할 수 있게 해주었다.

사정을 한 뒤에도 최는 내가 요구하기 전까지 페니스를 빼지 않았다. 그것은 첫 관계 후 나와의 지속적인 만남을 원하는 그에게 내가 내건 유일한 조건이었다. 나는 사정 후에도 내 안에 남아 있는 페니스의 느낌을 좋아했다. 스러져가는 욕망을 품고 있을 때 비로소 안전하다고 느꼈고 맹렬하게 타올랐다. 내가 느끼는 오르가슴은 소요 후의 황량함 속에 존재했으므로 나는 늘 첫 번째보단 두 번째가, 두 번째보단 세 번째가 좋았다. 그러니까 내게도 취향이라는 게 있다는 얘기다. 분명히 가능성이 있음에도 성 재활을 거부해온 윤, 무슨 짓을 해도 발기하지 않는 그의 페니스와 씨름하는 동안 까맣게 잊고 있었던 취향. 최가 내 귓불을 잘근잘근 깨물었다. 살갗을 파고들 것만 같은 치아의 압력과 축축한 혀의 감촉이 좋았다. 최의 목덜미를 꽉 그러안았다. 그의 몸과 나의 몸이 완벽하게 밀착됐다. 가슴속에서 뜨거운 것이 울컥울컥 치밀어 올라왔다. 아랫배가 푹 꺼져들었다. 두 다리로 최의 단단한 허벅지를 감았다. 맥없이 흐물대는 수족관 속의 중국산 낙지가 아니라 생생한 갯벌의 낙지처럼 나의 모든 흡반을 동원해서 그의 몸에 들러붙었다. 최가 낮은 신음을 토해냈다. 그 순간을 놓치지 않고 엉덩이를 힘껏 밀어붙였다. 최가 다시 출렁이기 시작했다. 그의 몸에 들러붙었던 흡반을 거두자 그가 내게서 떨어져나갔다. 아랫배를 가쁘게 들썩이던 최가 내 목덜미를 끌어당겼다. 이번엔 내가 그를 빨아 당길 차례였다. 시간은 충분했다. 활동보조인이 돌아가려면 아직 세 시간이나 남아 있었다.

둘째와 넷째 화요일엔 퇴원 초기부터 윤을 돌봐온 오후 타임 활동보조인이 야간까지 있어주었다. 윤에게 지원되는 바우처만으로는 턱도 없어서 개인적으로 간병비를 지불하며 부탁한 일이었다. 한 달 치 부식비보다도 많은 액수였지만 하는 수 없었다. 활동보조인 없이 혼자 방치했던 날, 집에 돌아가니 윤이 밀려나온 대변을 깔고 누운 채 혼이 나간 얼굴을 하고 있었다. 이후 며칠간 그는 제대로 먹지도 자지도 못했다. 무리가 되더라도 야간 간병인을 구할 수밖에 없었다. 윤은 어째서 야간까지 활동보조인을 고용했냐고 묻지 않았다. 앞으로도 그는 내게 아무것도 묻지 않을 것이다. 사고 이후 윤은 매듭을 묶는 일 말고는 그 무엇에도 관심 보인 적이 없었다.

벚꽃이 만개하자 거리의 모든 것들이 화사해졌다. 자정이 가까워오는 시간이었는데도 거리는 사람들로 넘쳐났다. 그 틈에 끼어서 꽃잎이 분분히 날리는 밤거리를 떠밀리듯 걸었다. 포근해진 밤 공기에 공연히 설레기도 했고 모두가 반짝이는데 나만 빛바랜 것 같아 서글퍼지기도 했다. 최의 아파트에서 집까지는 천천히 걸어도 30분이면 도착할 수 있는 거리였지만 거의 한 시간에 걸쳐 집으로 돌아왔다. 중간에 걸려온 활동보조인의 전화는 받지 않았다. 돌이킬 수 없이 낡아버렸다 해도, 아직은 봄밤이었다.

현관문을 당기자 쇠 긁는 소리가 났다. 진저리를 치며 집 안으로 들어섰다. 활동보조인이 윤의 침대에 기대앉아 꾸벅꾸벅 졸고 있었다. 키가 작고 딴딴한 체격의 활동보조인은 굼뜬 편이었지만 요령이 좋고 힘이 셌다. 근육이 빠지면서 체중이 많이 줄었다고는 해도 윤은 여전히 체격이 큰 축에 속했다. 그런 윤을 돌보는 게 여자 몸으로 쉬운 일은 아닐 텐데도 지금껏 별다른 무리 없이 해냈다. 윤도 그녀가 다른 이들에 비해 말수가 적고 간섭이 심하지 않다며 마음에 들어 했다. 언젠가 윤은 장애인은 나이에 상관없이 간섭과 가르침의 대상으로 전락해버리는 것 같다고 말한 적이 있다. 그 말을 듣고 당신은 가르침의 대상이 되었는지 모르지만, 당신을 부양해야 하는 나는 보상 없는 착취의 대상이 되고 말았다고, 그래서 세상이 온통 개미지옥인 것만 같다고 말하려다 그만뒀다. 그건 마치 윤더러 개미귀신이라는 소리 같아서. 설사 그게 사실이더라도 그렇게까지 말하고 싶지는 않았다. 활동보조인의 팔을 살짝 흔들었다. 잠에서 깬 그녀가 나를 올려다봤다.

"피곤하시죠? 그만 돌아가 쉬세요."

"왔어요? 아니, 왜 전화를 안 받아요. 두 번이나 했는데. 무슨 일이라도 생겼으면……"

활동보조인은 잠이 덜 깬 얼굴을 찌푸리며 말했다.

"죄송해요. 전화기가 가방 속에 있어서 못 들었나 봐요. 왜, 무슨 일 있었어요?"

짐짓 미안한 얼굴로 가방까지 뒤적이며 그녀의 말을 가로챘다.

"또 설사를 해요. 별다른 걸 먹이지도 않았는데 그러네. 저녁 내 내 기저귀만 여섯 번을 갈았어요."

"설사를요? 왜 또 그러지? 고생 많으셨어요."

"나야 뭐, 아저씨가 힘들었지. 원체 예민한 사람이 돼놔서……."

주섬주섬 가방을 챙겨 든 활동보조인이 윤을 바라보며 낮게 한 숨을 쉬었다. 그 한숨에서 오늘 윤이 보인 반응을 짐작할 수 있었 다. 그는 여전히 대변 문제에 예민했다. 수없이 반복해온 관장과 실금의 순간들 중 어느 한때는, 인간으로서 지켜야 할 마지막 존 엄마저 모두 무너져버린 기분이라며 아이처럼 엉엉 울기도 했다. 당시엔 난감하고 수치스러울 그의 심정이 이해가 갔다. 하지만 시 간이 지날수록 지치고 화가 났다. 그걸 만져가며 치우고 씻기는 일은 모두 내가 하는데 왜 매번 그의 눈치까지 봐야 하는지, 억울 하기도 했다. 나는 병원비와 약값에 치여 월세 보증금까지 까먹고 있는 현실에 압사당할 지경인데, 도대체 그깟 똥이 뭐 그리 대수 라고 저렇게 유난을 떠나 싶은 생각마저 들었다.

활동보조인을 보내고 윤의 침대로 다가갔다. 윤은 두 눈을 꼭 감고 있었다.

"또 설사한다며. 혹시 집에 해둔 거 말고 다른 거 먹었어?"

이불을 들추고 기저귀가 깨끗한지 확인하며 물었다. 윤은 아무 대답이 없었다. 잠이 든 건가. 그의 얼굴을 물끄러미 내려다보며 생각했다.

그날 이후 윤은 매듭법 연습을 그만뒀다. 그때껏 매듭법 연습만 해왔기 때문에 그걸 그만두자 그는 아무것도 하지 않게 되었다. 침대 상판을 세워 일으켜주면 벽을 쳐다봤고, 상판을 내려 눕히면 천장을 바라보다 때가 되면 잠들었다. 자기의지 같은 건 조금도 없는 사람 같았다. 밥을 주면 밥을 먹었고 물병 빨대를 물려주면 물을 먹었다. 그밖엔 정말 아무것도 하지 않았다. 답답한 마음에 일부러 로프를 가져다주기도 했지만 손대려 하지 않았다. 매듭에만 골몰하는 꼴이 보기 싫어 미칠 지경이었는데, 막상 매듭에서 손을 떼도 보고 있기 괴롭기는 마찬가지였다. 말수도 극단적으로 줄어서 묻는 말에도 대답하지 않을 때가 많았다. 가끔은 그가 숨은 쉬고 있는지 확인하고 싶을 지경이었다.

"지사제는 먹었어? 안 먹었으면 지금이라도 먹을래?"

이번에도 윤은 대답하거나 눈을 뜨지 않았다. 천천히 손을 뻗어 그의 얼굴을 쓸어보았다. 면도를 해주지 않은 얼굴이 까칠했다. 정말로 잠이 든 건가. 알 수 없었다. 나도 모르게 한숨이 비어져 나왔다.

"들려? 들리면 눈 좀 떠봐."

그의 귓불을 만지작대며 말했지만 윤은 눈을 뜨지 않았다. 설사 진짜로 잠들었다 해도 이쯤 되면 깨야 했다. 그런데도 윤은 고집스럽게 버텼다. 만지작대던 귓불을 엄지로 지그시 눌렀다. 귓불을 집은 손가락에 점점 더 힘을 가했다. 나중엔 엄지손톱을 박아 넣고 말듯이 짓눌렀는데도 꿈쩍하지 않았다. 귓불을 집고 있던 손을 뗐다. 벌겋게 달아오른 귓불엔 피맺힌 손톱자국이 선명했다. 매듭에 몰두하던 그의 모습이 떠올랐다. 지금껏 나는 그가 자살하기 위해 매듭을 묶는 거라고 믿었다. 의심의 여지가 없다고 생각했다. 그걸 알면서도 로프를 내준 내가 끔찍해서 견딜 수가 없었다. 그런데 문득, 그게 아닐지도 모른다는 생각이 들었다.

"내게서 벗어나기만 하면 될 것 같았니? 하긴, 옆에 들러붙어서 매 순간 비참한 현실을 일깨워주는 내가 끔찍했을 거야. 무슨 짓이든 하고 싶었겠지. 하지만 넌, 네가 매듭 따위, 끝내 묶지 못할 거라는 거 알고 있었어. 그러니까 결국, 그 매듭을 내 손으로 묶게 할 생각이었던 거야, 넌."

허리를 숙여 윤의 귓가에 또박또박 속삭였다. 윤의 입가가 샐그러졌다. 눈꼬리에서 새어 나온 눈물이 귓바퀴에 잠시 고였다가 다시 흘러내렸다. 안전바를 내리고 침대 앞에 쪼그려 앉았다. 이불 속을 더듬어 윤의 손을 잡았다. 갈퀴처럼 야윈 손은 버석버석하고 찼다. 생명 있는 것의 일부라는 생각이 들지 않을 정도였다.

"내가 하루에 낙지 대가리를 몇 개나 자르는지 알아? 손목이 시큰대고 손가락에 물집이 잡히도록 낙지 대가리를 자르면서 내가 무슨 생각을 하는지, 당신은 모르지?"

윤의 손을 놓고 자리에서 일어났다. 다시 이불을 들춰 소변줄과 체위 변경 쿠션의 위치를 확인하고 침대의 안전바를 세웠다.

"우리가 놓쳐버린 미래를 생각해. 우리가 지워버린 과거를 생각하고 대책 없이 무너져 내리고 있는 현실을 생각해. 당신은 왜 나아지기 위한 노력을 하지 않을까 생각해. 나는 왜 그때 도망치지 못했나 생각하고 당신은 왜 더 적극적으로 나를 밀어내지 않았는지 생각하기도 해. 다 까먹어버린 보증금을 생각하고 그 보증금을 마련하기 위해 받았던 대출을 생각해. 밀린 이자와 하루 열두 시간씩 낙지 대가리를 잘라도 갚을 수 없을 원금을 생각해. 낙지 대가리 자르듯 당신 모가지를 잘라버리고 싶다는 생각을 하고 차라리 내 모가지를 자르는 편이 낫겠다는 생각을 해. 그런 생각들을 해, 나는."

윤의 눈꺼풀이 파르르 떨렸다. 그 바람에 긴 속눈썹에 맺혀 있던 눈물방울이 뭉개졌다. 언제나 출구 없는 미로에 갇힌 기분이었다. 흐물거리는 윤을 떠메고 미로 속을 헤매다 보면 온 세상이 지리멸렬해졌다. 일곱 시간 뒤엔 또다시 낙지 대가리를 자르러 가야 하는데, 낙지 대가리 자르는 일 말고는 할 수 있는 일이 없는데, 최와 그의 아내가 나를 고용해주는 한 성실하게 낙지 대가리를 잘라야 하는데, 그 모든 일들이 끔찍하기만 했다. 잠시 더 윤의 얼굴을 내려다보다 돌아섰다. 서랍 속에 처박아뒀던 로프를 꺼내들고 방으로 들어갔다. 로프를 방 한가운데 던져놓고 방문을 잠갔다. 스르륵 주저앉아 로프를 쏘아봤다. 우선 고리를 만든 다음 짧은 줄로 고리를 서너 바퀴 휘감는다. 감은 줄의 끝을 감긴 줄 사이로 집어넣고 당겨 팽팽하게 조이면 매듭이 완성된다. 로프를 볼 때마다 나도 모르게 머릿속에서 매듭이 지어졌다. 너무 간단해서 그만둘 수도 없었다. 하지만 이 간단한 일을 윤은 결코 해내지 못할 것이다. 어어어우우어어어우우, 문밖에서 누군가 짐승처럼 울부짖었다. 윤일 수도, 윤이 아닐 수도 있었다. 눈을 질끈 감으며 두 손으로 귀를 틀어막았다.

종업원이 끓는 육수에 낙지를 차례로 담갔다. 생기 없이 늘어져 있던 낙지들이 격렬하게 꿈틀댔다.

"살아 있는 거예요? 고모, 낙지가 불쌍해요."

조카아이가 내게 폭 안기며 말했다.

"애들은 아픈 걸 모르니까 걱정하지 않아도 돼, 꼬마야."

종업원이 어느새 붉은 기가 도는 낙지를 하나씩 건져 올려 대가리를 싹둑싹둑 자르며 말했다. 집게와 가위를 잡은 그의 양 손목에 파스가 붙어 있었다. 조카아이는 불안한 눈으로 나를 올려다봤다. 나는 아이를 보며 말없이 웃어줬다. 낙지도 통증을 느낀다는 말은 하지 않았다. 낙지의 신경절에 관한 논란은, 겨우 일곱 살인 조카아이나, 손목에 파스를 붙인 채 온종일 낙지 대가리를 자를 종업원이 알아서 좋을 것 없는 사실이었다. 종업원이 손을 놀릴 때마다 파스 냄새가 풍겨왔다. 어쩐지 눈물이 날 것만 같았다.

사고 이후 나의 일상은 통증에 함몰됐다. 눈을 뜨는 순간부터 잠들 때까지, 심지어 꿈에서조차 통증에서 벗어날 수 없었다. 나는 이제 통증이 사라진 감각은 기억하지 못한다. 모가지에 줄을 감을 수만 있었어도 벌써 죽었을 거라고 습관처럼 말하던 L, 사고 보상금으로 받은 목돈은 터울 큰 형제들에게 모두 뜯기고 매달 병원비만 간신히 타내던 H, 똥오줌도 못 가리는 주제에 먹을 것만 보면 걸신들린 것처럼 처먹어댄다며 자학하던 C, 걸핏하면 몰래 술을 마시고 다니다가 결국 강제 퇴원당한 K까지, 이야기를 쓰는 동안 잊고 지내온 이들이 하나둘 되살아났다. 긴 병원 생활 중에 만난 그들과는 퇴원 이후 대부분 소식이 끊겼다. 그들은 지금 어디에서 어떤 모습으로 살아가고 있을까. 그들도 나처럼 펄펄 끓는 세상 속에서 필사적으로 꿈틀대고 있을까. 그새 너무 지쳐버린 것은 아닐까.

절대로 할 수 없을 것 같았던 이야기를 시작해버렸다. 내가 어디까지 나아갈 수 있을지 잘 모르겠지만, 그 불안한 여정에 그들이 함께해줄 것을 믿는다. 서로의 고통을 너무 잘 알고 있는 우리가 함께 걷고 있음을 절대로 의심하지 않겠다.

승혜와 미오

· 윤이형

윤이형

2005년 단편소설 〈검은 불가사리〉로 중앙신인문학상을 수상하며 작품 활동 시작.
《쿤의 여행》으로 제5회 젊은작가상, 〈루카〉로 제6회 젊은작가상, 제5회 문지문학상
수상. 작품으로 중편소설 《개인적 기억》, 청소년소설 《졸업》, 로맨스소설 《설랑》, 소
설집 《셋을 위한 왈츠》 《큰 늑대 파랑》 《러브 레플리카》 등이 있다.

이호 엄마에게서 전화가 걸려온 것은 오후 5시가 거의 다 된 시각이었다. 미안해요, 갑자기 야근인데, 한 9시나 10시쯤 되어야 갈 것 같아요. 10시보다 늦지는 않을게요. 비도 이렇게 많이 오는데, 미안해서 어떻게 하죠? 참, 반찬이 다 떨어졌을 텐데, 이호 짜장면이나 시켜주세요, 탕수육 하나랑. 아니면 피자 시켜서 같이 드세요. 돈은 나중에 드릴게요. 승혜는 알겠다고 대답하고 전화를 끊은 뒤 어린이집으로 이호를 픽업하러 갔다.

엄마 오늘 좀 늦으신대, 말하자 이호는 별로 기대하지도 않았다는 듯 아주 잠깐 입을 삐죽이고는 승혜가 펴주는 우산을 받아 들었다. 장대 같은 장맛비가 주룩주룩 쏟아지고 있었다. 둘러멘 어린이집 가방이 젖지 않게 우산을 들다 보니 티셔츠 앞쪽이 금세 축축하게 젖어버렸다. 바짓단도 젖었다. 앞머리에도, 안경에도 물방울이 송골송골 맺혔다. 젖은 옷을 타고 한기가 사르르 올라왔다. 카디건이라도 입고 올걸, 승혜는 소름 돋은 팔을 쓸며 걸음을 재촉했다. 집 쪽으로 가려다 잠시 생각하고는 방향을 바꿔 이호의 손을 잡고 동네 마트로 향했다.

워킹맘에 싱글맘인 이호 엄마는 요리를 하기에는 너무 바빴다. 그래서 일주일에 세 번 배달되는 포장 용기에 담긴 반찬을 냉장고에 넣어두곤 했다. 승혜의 계약 사항에 요리는 포함되어 있지 않았으므로, 승혜는 그 반찬들을 꺼내 밥과 함께 이호에게 차려주기만 하면 됐다. 아무리 봐도 그렇게 맛이 있어 보이지는 않는 그 반찬들을 이호가 깨작거리는 걸 보고 있자면 승혜는 묘하게 마음이 짠해지곤 했다. 마트를 천천히 돌며 바구니에 고기와 야채를 담았다. 배달 음식을 시켜 먹어도 좋겠지만 오늘은 비가 너무 많이 왔고 너무 추웠다. 따뜻한 국물이 있는 무언가를 아이에게 먹이고 싶었다. 언젠가 이호에게 한 번은 요리를 해주고 싶다고 늘 생각했었다. 그게 오늘일 줄은 몰랐지만 말이다. 그리고 그게 그 음식일 줄도 몰랐다. 기묘하고도 집요한 충동이 승혜의 몸을 움직였다.

이호에게 비스킷 몇 개를 간식으로 챙겨주고 아이패드를 들려준 다음, 장 봐 온 것들을 풀었다. 다시마와 다시 멸치가 물속에서 끓는 동안 숙주를 씻었다. 꼼꼼히 문질러 씻은 알배기 배춧잎을 도마 위에 펼쳐놓고 그 위에 샤부샤부용으로 얇게 저민 쇠고기를 얹은 후 깻잎을 덮었다. 다시 고기 한 겹을 깔고, 배춧잎을 한 장 더, 이불처럼 덮었다. 이렇게 쌓아 올린 것을 적당한 크기가 되도록 칼로 썰자 도마 위에 핏물이 스며 나왔다.

승혜는 잠시 칼을 놓고 눈가를 문질렀다. 결막염이라도 오려는 것처럼 눈두덩 전체가 빨갛게 부어오르면서 눈꼬리에 자꾸만 눈물이 배어났다. 너무 울어서 눈이 부으면 가라앉지 않고 며칠간 그럴 때가 있었다. 이상하다, 난 안 울었는데. 운 건 내가 아니라 미오였는데, 왜 내 눈이 아프지? 승혜는 생각했다. 이틀 전, 출근하는 길에 미오는 눈물을 펑펑 쏟으며 소리를 질러댔다. 도대체 나한테 왜 이러는 거야? 나보고 어쩌라고. 응? 어쩌라고. 아니, 소리를 지른 건 나였던가. 울었던 것도 나였던가. 너무 화가 나면 하얗게 기억이 지워진다. 다시 생각하는 것만으로도 두통이 일어 승혜는 눈을 질끈 감았다 떴다.

널찍한 전골냄비 맨 밑에 숙주를 깔고 만들어진 육수를 부었다. 배춧잎과 고기와 깻잎으로 된 페이스트리처럼 생긴 무더기를 거대한 꽃 모양으로 차곡차곡 돌려 담았다. '밀푀유(millefeuille)'는 천 개의 잎이라는 뜻이지만 이 냄비에 정말로 천 개의 잎이 들어가는 건 아니다. 냄비를 다 채우는 일이 생각만큼 오래 걸리지 않는다는 것에 승혜는 조금 놀랐다.

동그랗게 비워둔 가운데 부분에 느타리버섯과 팽이버섯을 넉넉히 채워넣고 십자 모양으로 칼집을 넣은 표고버섯 몇 개를 올린 후 뚜껑을 덮고 가스불을 켰다. 그것으로 끝이었다. 모양을 내는 데 두어 시간쯤 걸릴 줄 알았는데 너무 간단해서 좀 허탈할 정도였다.

'밀푀유나베'라는, 앞쪽은 프랑스어이고 뒤쪽은 일본어인 이 묘한 이름의 퓨전 음식을 처음 본 것은 페이스북에서였다. 페친 누군가가 '좋아요'를 누른 포스트에 사진이 있었다. 사진을 올린 사람은 친구 몇 명이 모여 집에서 만들어 먹는 모양이었는데, 과시하는 분위기가 와락 풍겼다. 그럴 만도 했다. 저걸 어떻게 만들지? 그 화려한 꽃 장식을 처음 본 승혜가 한 생각은 그거였으니까.

그 순간 환상이 시작되었다. 어쩌면 집착 혹은 페티시라고 불러야 할지도 몰랐다. 왜 하필이면 그 음식이었는지는 모른다. 그저, 빨간 고기와 하얀 배추가 겹겹이 싸여 냄비 속에서 부글부글 끓고 있는 그 한 장의 사진이 승혜에게는 절대로 닿을 수 없는 어떤 아득한 세계의 상징, 영원한 불가능의 표지인 것처럼, 한순간 기이하고도 강렬하게 각인되어 버리고 말았다.

레시피를 외우는 데는 그리 오래 걸리지 않았다. 승혜는 상상 속에서 몇 번이나 이 음식을 만들었다. 그건 혼자서, 혹은 두 사람이 먹을 음식은 아닌 듯했다. 최소한 세 사람용이었다. 그래야 쓸쓸하지 않을 것 같았다. 아니, 쓸쓸하지 않을 수 있는 사람들만 만들어 먹는 음식 같았다. 두 사람의 이야기가 두 사람만의 골방에 너무 오래 머물러 변색되기 전에 창문을 열어 환기를 시키고, 누군가를 소리쳐 부르고, 이리 와서 우리의 이야기를 함께 나눠 가져달라고 자랑스레 선언할 수 있는 사람들만. 그게 얼마나 큰 특권인지 알지도 못할 만큼 너무 당연하게 그럴 수 있는 사람들만.

포스트 밑에는 감탄과 함께 '남편 생일에 시댁 어른들께 생색내기 좋았어요' '집들이 음식으로 딱이네'라는 댓글들이 달려 있었다. 과연 그렇겠다고 승혜는 생각했다. 내가 저 음식을 만들 일이 있을까. 아마 없지 않을까. 이유는 여러 가지였다.

(1) 미오에겐 친구가 많았지만, 승혜에겐 미오밖에 없었다. 미오의 친구들이 자신과 비슷한 부류일지—아니, 정확히 말하면 승혜 자신이 미오의 친구들을 실망시키지 않을 만한 사람일지—승혜는 확신할 수 없었고, 이 생각을 할 때마다 열등감인지 자괴감인지 모를 묘한 감정이 일었는데, 미오 역시 그걸 감지했는지, 아무도 집에 초대하지 않았다.

(2) 전골 요리를 좋아하는 승혜의 엄마라면 밀푀유나베 역시 맛있게 먹어줄 것 같았다. 미오와 승혜를 다정한 눈으로 번갈아 바라보며, 두 사람의 앞날에 덕담을 건네면서. 하지만 이건 이루어질 수 없는 꿈이었는데, 승혜의 엄마는 승혜가 누군가와 동거하고 있다는 사실을 알지 못했고, 거기에 더해 승혜가 여자를 사귄다는 사실조차 알지 못했다.

(3) 결정적으로, 미오는 채식주의자였다. 승혜는 미오를 위해 함께 채식을 할 수 있었지만, 미오는 승혜를 위해 육식을 해줄 수 없었다. 이것은 한 방향으로 흘러가도록 정해져 있는 화살표였으며, 승혜는 이 화살표의 방향에 불만을 품어본 적이 한 번도 없었

다. 그래서 하필이면 고기가 들어간 이 요리에 기묘하다 할 만큼 비밀스러운 집착을 품게 된 자신을 깨달았을 때, 적잖이 당황할 수밖에 없었다. 하지만 그건 승혜로서도 어쩔 수 없는 일이었다.

그건 어쩔 수 없는 일이야.

승혜는 자신의 입에서 나온 이 말이 얼마나 잔인하고도 감미롭게 허공을 울렸는지를 기억했다. 미오 때문에 전 연인을 떠나면서, 길 한복판에 주저앉아 하염없이 눈물을 흘리는 그녀에게 했던 말이었다. 그날 이후 왜곡된 소문이 퍼져 온라인 커뮤니티에서 알고 지내던 모든 사람을 잃었다. 그래도 어쩔 수 없었다. 그건 이상한 말이었다. 더 이상 정직할 수 없는 말이었지만 몹시 편리하게 책임을 방기해버리는 말이기도 했다. 너무도 불공평한 말이었다. 그러나 승혜에게는 한 사람과 헤어지고 다른 사람을 만나는 일 이전에, 조금 더 성숙한 인간이 되기 위해 마지막으로 꼭 해야 하는 칼질 같은 말이기도 했다.

미오는 대학에서 조교로 일하고 있었고, 조교 생활이 끝나면 시민단체에 들어가 일할 계획이었다. 전 연인과 함께 속해 있던 모임의 끝도 없는 무의미한 분쟁들과 험담과 친목 놀이에 알게 모르게 넌덜머리를 내고 있던 승혜에게는 목표가 분명해 보이는 미오의 삶과 담백하고 건강한 생활방식이 신선한 충격으로 다가왔다. 미오를 만나면서 승혜는 조심스럽게, 자신이 어른이 되어가고 있다는 생각을 했다. 예전과는 조금 다르게 살 수 있을 것 같았고,

철없는 짓은 그만할 수 있을 것 같았다. 조금 벅찬 어딘가에 상향 지원을 하는 마음으로 승혜는 미오를 만났다.

물론, 그런 이유가 다는 아니었다. 승혜는 미오의 더벅머리와 속눈썹이 긴 외까풀 눈과 장난기 어린 웃음을, 녹차처럼 차분한 표정과 음습함 한 점 없이 고요한 분위기를 좋아했다. 미오 곁에 선 책이 잘 읽혔고, 공기 맑은 대나무숲 한가운데 앉아 있는 것처럼 정신집중이 잘됐다. 한편, 절대로 그런 건 못할 줄 알았는데 미오가 마마무 춤을 너무도 완벽하게 따라 했을 때 승혜는 경이로움과 함께 세상에 하나뿐인 더없이 사랑스러운 선물을 받았다는 생각을 하지 않을 수 없었다. 미오를 만난 뒤 승혜는 날씬하지 않은 자기 몸이 끔찍한 게 아니라 아름답고 자연스러운 것일 수도 있다는 생각을 태어나서 처음으로 했다. 조금씩 자신을 좋아하는 법을 배워갔고, 하루하루 죽어가는 게 아니라 살아가고 있다는 생각도 할 수 있게 되었다.

누나, 나랑 포켓몬 카드 배틀 하자!

이호가 승혜의 손을 잡아끌었다. 끓는 고기 국물의 따뜻한 기운이 장마로 으슬으슬해진 실내 공기를 천천히 밀어내고 있었다. 승혜는 가스 불을 끄고 거실 매트 위에 이호와 마주 앉았다. 아이는 비슷비슷해 보이는 포켓몬 카드를 네 벌이나 갖고 있었다. 잃어버리지 않았을까? 한 벌에 150장이니까 네 벌이면 600장이나 되는데, 잃어버린 카드는 없는 걸까? 있지 않을까? 무엇이 없어졌는지, 이호 엄마는 알까? 아니, 이호는 알까?

누나는 카드 게임을 잘해서 좋아, 이호가 덱을 섞으며 중얼거렸다. 엄마도 잘하시지 않아? 승혜가 물었다. 엄마는 룰도 모르는걸. 그냥 억지로 하는 척만 할 뿐이야. 엄마는 집에 오면 잠만 자려고해. 주말에도 하루 종일 잠만 자.

이호는 일곱 살답게 개구쟁이 기질로 폭발할 것 같은 내면과 얼굴의 반이나 차지할 것 같은 동그란 눈, 아오리 사과를 깨물어 먹는 듯 상큼한 웃음소리, 가끔씩 깜짝 놀랄 만큼 진지해지는 표정을 지닌 아이였다. 유튜브 채널을 많이 봐선지 머리가 좋았고 어휘력이 독보적이었다. 승혜가 보기에는 아역 배우를 시켜도 될 것 같았다. 자신의 아이도 아닌 남의 아이에게…… 그토록 무한한 사랑스러움을 느끼는 자신이 승혜는 낯설었다.

어려서부터 지금까지 줄곧, 승혜는 아이들이 좋았다. 그냥 막연히 좋은 게 아니라 자꾸만 돌봐주고 싶고 무언가를 챙겨주고 싶고 사주고 싶을 만큼 좋았다. 낡은 건물에서 누수를 탐지하는 일에 잘 맞는 사람이 있고, 피아노의 음계를 정확히 조율하는 일을 하도록 태어나는 사람이 있는 것처럼, 승혜에게는 그런 일들이 세상이 부여해준 자그맣지만 중요한 사명처럼 생각되었다. 길에서 조그만 아이들을 보면 승혜는 그냥 지나치지 못하고 웃으며 말을 걸곤 했다. 걸음을 멈추고 오랫동안 같이 노는 일도 있었다. 모르는 사람들의 아이들을 사진으로 보고 있기만 해도 너무나 행복했다. 남들에게는 두통과 짜증을 유발한다는 아이들의 울음소리나

칭얼거림, 미운 다섯 살 시기가 된 독재자들의 그 말도 안 되는 행동과 요구와 밀고 당기기가 승혜에게는 아무렇지도 않게 느껴졌다. 나는 결코 엄마가 될 일이 없을 텐데, 승혜는 가끔 생각했다. 내가 나라면, 왜 내 안에 모성을 닮은 부분이 있는 걸까? 나더러 어쩌라는 것일까? 알 수 없고 혼란스러웠으므로, 승혜는 그 부분을 락앤락 용기에 담아 냉동실에 넣듯 자신의 깊은 곳에 집어넣고 가만히 두었다. 진심으로 사랑하는 사람을 만나, 다른 사람들은 몰라도 그 사람에게만은 이해받고 싶다는 생각을 하며 조심스럽게 열어 보일 수 있을 때까지.

나 보육 교사 시험 준비할까? 승혜가 말을 꺼냈을 때, 미오는 보육 교사? 하고 되물었다. 응, 어린이집에서 일하는 선생님 말이야. 승혜가 대답하자 미오는 피식 웃으며 말했다. 어린이집에서 너같이 하고 다니는 사람 안 받아줄걸.

그런가? 승혜가 중얼거렸다. 그날 그 화제는 거기서 끝이었다. 별다른 위험은 감지되지 않았기에 승혜는 서운함 같은 것은 느끼지 않았다. 그래서 깊이 생각하지 않고, 페미니즘 북카페에서 하는 〈베이비 포뮬라〉 상영회 공고를 보았을 때 같이 가자고 미오의 손을 잡아끌었다. 그 영화는 줄기세포를 이용해 서로의 난자만으로 임신을 하는 레즈비언 커플의 이야기였는데, 보기 전부터 충분히 흥분해 있던 승혜는 상영장을 나와서는 거의 열광에 가까운 태도로 영화에 대한 칭찬을 늘어놓았다. 얼마 전 읽었던 소설 이야기도 덧붙였다. 오직 아이 아빠를 구하려는 목적으로 만난 한 남자와 차례로 관계를 가진 뒤, 남자는 떠나고, 차례로 아이를 낳아 행복하게 넷이 사는 레즈비언 커플의 이야기였다. 가부장제에 얽매이지 않아도 되고, 서로와 헤어지지 않고도 여자들끼리 아이를 낳아 키울 수 있다는 점이 승혜에게는 너무도 이상적인 삶의 방식처럼 느껴졌던 것이다. 콜라를 마시며 승혜의 열띤 반응을 묵묵히 듣고 있던 미오는 알 듯 모를 듯 한 웃음을 지으며 한마디를 던졌다.

너, 정말로 아이를 좋아하는구나.

응, 그런 것 같아. 승혜가 천진하게 대답했다. 우리 나중에 입양해서 아이 키울까?

미오는 웃었다. 승혜의 마음을 상하지 않게 하려고 애쓰는 듯한 미소였다. 그러고는 잠시 말이 없더니, 안 되겠다는 듯 짧게 말을 흐렸다. 나는 별로 생각 없는데, 그런 거…….

아, 승혜가 말했다. 그렇구나. 아이가 싫다는 것인지, 아니면 승혜와 함께하는 삶을 그렇게 먼 미래까지 상상해본 적이 없어 당혹스럽다는 것인지—이건 이해 못할 바도 아니었다. 그녀들은 어쨌거나 겨우 이십대 후반이었으니까—알 수 없었지만, 물어보기에도 뭐했으므로, 그냥 그렇게 수긍하는 수밖에 없었다. 달리 어떻게 하겠는가? 그런 건 별로 생각 없다고 미오가 말한 것이었다.

그 문제에 대해 미오가 조금 더 명확한 의사를 밝힌 건 몇 달이 지나서였다. 지금 승혜의 눈두덩이 빨갛게 부어 있는 이유이자, 두 사람이 서로를 향해 맹렬하게 부재중 전화를 걸어대면서도 막상 전화가 걸려오면 받지 않는, '나는 상처가 났어, 너한테 그걸 보여주고 싶어, 그런데 낫기는 싫어, 다만 네가 죄책감을 느끼길 바랄 뿐이야'식의 바보 같은 짓을 되풀이하고 있는 이유의 원천이 되는, 일련의 사건들이 일어나기 시작했던 때.

승혜는 이호에게 두 판을 내리 지고 마지막 판을 이겼다. 시계를 보니 7시 반이어서, 밥을 차려줄까 물었지만 아이는 단호하게 도리질을 하며 엄마 오면 같이 먹을래, 하고 대답할 뿐이었다. 동그란 배를 쓸어봐도 어째선지 별로 배가 고픈 기색이 아니어서, 욕조에 미지근한 물을 받아 땀과 습기로 범벅이 된 아이의 몸을 씻겼다. 물장구를 치며 까르륵 소리를 내는 아이와 놀아주고, 깨끗하게 닦아, 보송보송한 면 내복을 입히고 유튜브 채널을 틀어준 뒤 아까 쪄놓았던 찰옥수수 두 개를 접시에 담아 내주었다. 그런 다음 멍하니 아일랜드 식탁에 앉아 있자니, 그런 자신의 모습이 참으로 기이하게 느껴졌다. 습관처럼, 혹은 상처에 앉은 딱지를 자꾸 떼어보고 싶은 마음처럼, 쓰라린 상상이 또 찾아왔다. 마치 이호가 자신과 미오의 아이이고, 일하러 간 미오를 자신이 기다리고 있는 것 같다는 상상. 아니, 그래서는 안 되었다. 이호는 이호 엄마의 아이였다. 그렇게 남의 삶을 아무렇게나 환상으로 바꿔 슬쩍 올라타려 해서는 안 되었다. 일단 유전적인 것부터 말이 안 된다. 더군다나 미오가 그런 삶을 원하지 않는다는 것이 이렇게 명백해지기도 했는데 말이다. 승혜는 이호네 집 안을 눈으로 훑었다. 집은 단정하게 정리되어 있는 편이었지만 손이 덜 가는 구석구석마다 피로한 삶의 기색이 내려앉아 있어서, 싱크대 한쪽엔 미처 다 닦아내지 못한 물때가 끼어 있었고, 형광등 위엔 먼지가 가득했으며, 욕실 슬리퍼 한 짝은 발에 걸쳐지는 부분이 떨어져 너덜너덜했다. 승혜의 눈에 이호 엄마는 최선을 다해 이를 악물고 삶을 살아내고 있는 것 같았다. 가끔은 까무러치기 직전으로 피곤해 보이기도 했다. 자신이 이호 엄마라면 결코 이만큼 해낼 수 없을 것 같다는 생각이 들었다. 아이를 키우는 삶이라는 건 부럽지만 그만큼 큰 대가를 요구하는 것이리라.

8시가 되어, 승혜는 밀푀유나베를 데워 국그릇에 뜬 뒤 밥과 김치와 간단한 소스와 함께 아이에게 내주었다. 누나랑 같이 먹지 않을래? 다시 한번 물었지만 이호는 아까와 똑같이, 싫어, 엄마랑! 이라고만 대답할 뿐이었다.

승혜는 이호의 그릇을 들여다보았다. 맑은 국물에 담긴 배추와 고기 무더기에서 김이 모락모락 올라오고 있었다. 미오는 왜 그렇게 고기를 못 견디게 싫어하게 되었을까, 승혜는 문득 생각하고는, 자신이 그런 의문을 떠올렸다는 사실에 놀랐다. 그전에는 그런 게 한 번도 궁금하지 않았다. 미오는 얼굴이 까만 대로, 너무나 좋아해서 목이 다 늘어난 티셔츠를 매일 입고 다니면 다니는 대로, 운동을 싫어하면 싫어하는 대로, 그냥 그대로 미오였고, 승혜는 또 승혜인 그대로 승혜였고, 두 사람 사이에는 아무 문제도 없었는데 말이다.

두 사람이 사귄 지 4년, 함께 산 지는 3년이 조금 넘어가고 있었다. 이쯤이면 이런 게 궁금해지는 건 당연한가? 승혜는 궁금하고 서글프고 두려웠다. 그런데, 한번 그런 생각을 하자, 마치 마음속 깊이 눌러놓은 사악한 마음이 한꺼번에 치밀어 오르는 것처럼, 점점 더 여러 가지 생각들이 떠오르는 것이었다. 이를테면 〈옥자〉를 봤을 때. 미오는 그 영화를 보고 나서 몸이 아프다고 했다. 슈퍼돼지들이 갇혀 있는 공장 신이 너무 고통스러워서 그것만으로도 눈물이 날 것 같다고. 승혜가 보기에 그 장면은 누구나 대충 다 알 만한 공장식 축산업의 문제점을 다소 전형적으로 보여주는 장면이었고, 그래서 충격도 없었다. 다른 생명이 흘리는 피가 승혜에게 미치는 영향은 거기까지였다. 사람들은 그런 걸 다 알면서도 고기를 맛있게 먹는다. 슬프지만 그것이 인간이 지닌 망각의 힘이고 외면의 힘이다. 그런 망각과 외면이 단 한 점도 남김없이 사라진 세상을 살아간다는 건, 바로 곁에서 너는 죄인이라고 울부짖는 누군가의 목소리를 24시간 내내 들어야 하는 생지옥의 경험일 거라고 승혜는 생각했다. 아니나 다를까, 미오는 옥자가 단백질 채취를 당하는 장면을 보며, 마치 날카로운 금속봉이 자기 살을 실제로 뚫고 들어와 단백질을 쭉 뽑아가기라도 하는 것처럼 신음을 내뱉고 땀을 흘리며 괴로워하는 것이었다. 영화를 같이 보던 날에는 그렇게 민감하게 아파하는 미오가 안쓰럽고, 미오가 아픈 게 너무도 싫고, 그 민감함이 사랑스럽다고 분명히 생각했었는데, 지금 승혜의 마음속에는 그런 미오를 '이해할 수 없다'는 생각이 빳

빳이 고개를 들고 있는 것이었다.

미오는 아무것도 망각하지 않고, 아무것도 외면하지 않는 사람이었다. 아니 최소한 그렇게 살려고 노력하는 사람처럼 보였다. 자신에게 중요한 것은 절대로 잃어버리지 않았고, 버려야 할 것은 가차 없이 버리는 사람이었다. 어디서나 자신이 퀴어임을 자랑스럽게 밝혔고, 가족이 그것을 받아주지 않자 가족과 절연했다. 혐오 발언을 보면 그냥 지나가지 않고 반드시 댓글을 달거나 항의했으며, 승혜의 눈에는 시간과 에너지의 과도한 소모로 보이는 그런 행동들을 결코 낭비라고 생각하지 않았다.

물론, 당연하게도, 승혜가 클로짓(closet)인 것에 대해 미오는 아무 말도 하지 않았고, 아무런 불만도 없었다. 미오가 조금이라도 승혜를 향해 '나는 이런데, 너는 왜 그래, 왜 이렇지 못해'식의 반응을 보이는 사람이었다면, 애초에 승혜는 미오를 사랑하지도 않았을 것이다. 미오는 자신이 소수자를 혐오하는 가족과 칼로 자르듯 분명하게 연을 끊을 수 있었던 데에, 역설적으로 자신이 유년 시절 내내 사랑받으며 성장했다는 이유도 작용했다고 말한 적이 있었다. 승혜네 집은 좀 달랐다. 승혜의 아버지는 술을 마시면 주사를 부리고 아내를 발로 걷어차는 사람이었고, 결국 승혜가 중학교 때 집을 나가버렸다. 그때부터 자신을 키우느라 혼자서 있는 힘을 다해—아마도 지금 이호의 엄마처럼—필사적인 삶을 살아온 자신의 엄마를 승혜는 도저히 어떤 식으로든 폄하하거나 미워할 수가 없었다. 그래서 어느 날 TV를 보다가, 동성애 그거, 정신

나간 애들이 하는 거 아니냐, 다 잡아다가 병원에 가둬야 되는 거지 저거 저거, 하고 중얼거리는 엄마를 보았을 때, 아무 말도 못하고 한밤 놀이터로 나가 혼자서 그네를 타며 펑펑 울기만 했다. 승혜는 엄마에게 도저히 그 말을 할 수 없었다. 엄마를 충격받게 할 수 없었고, 울게 할 수 없었다. 뭐라고 말을 하며 엄마와 싸울 수도 없었다. 그건, 그냥, 불가능한 일이었고, 생각만으로도 호흡이 가빠지고 정신이 아득해지는, 너무 힘겹고 어려운 일이기만 했다.

미오와 함께 살기 위해 자취집을 구하고 독립을 하면서도 그랬다. 너 혼자 사는데 방 두 개가 왜 필요하냐? 너무 넓지 않아? 호강 났다, 호강 났어, 퉁을 주면서도, 승혜의 엄마는 10년이 넘게 덜 먹고 덜 자며 바리바리 부어두었던 적금을 깨서 딸에게 괜찮은 투룸을 구해주었다. 빨리 남자 친구 만들어서 인사를 시키라는 게 엄마가 내건 조건이었다. 독립을 하고 석 달이 지나 갑자기 집에 찾아오겠다는 엄마의 전화를 받았을 때, 승혜는 하얗게 질려 집 안을 정리하고, 미오의 물건들을 한데 둘둘 말아 상자에 쑤셔 넣은 다음 옷장에 집어넣고, 감기에 걸려 누워 있던 미오를 일으켜서는 뭐라고 설명할 여유도 없이 동네 카페로 쫓아 보냈다. 엄마를 보내고 얼이 빠진 채 카페로 달려갔을 때, 미오는 차가운 커피를 마시며 아무 일도 없다는 듯 책을 읽고 있었지만, 표정은 그다지 좋아 보이지 않았다.

화났어?

승혜가 묻자 미오는 뭐 그런 바보 같은 질문이 있느냐는 듯한 표정을 했다.

……미안해.

미안해하지 마. 이 집 보증금 네가 냈잖아.

미오는 그렇게 말하며 열 때문에 붉어진 얼굴로 웃었다. 미오가 그렇게 차갑게 웃을 때면 승혜는 견딜 수 없이 가슴이 아팠다. 어쩌면 그 가슴 아픔 때문에 미오를 이렇게 좋아하는 것인지도 몰랐다.

이호가 수저도 대지 않는 음식 그릇을 도로 싱크대에 가져다 올려놓으며 승혜는 생각했다. 내가 정상 가족 이데올로기에 젖어 있는 걸까. 그래서 이렇게 아이들을 좋아하는 걸까. 살면서 내가 가져온 생각들이 내 몸의 신경 하나하나에 영향을 미쳐, 특정한 호르몬을 분비하라고 명령하고, 미묘한 방식으로 나를 이끌어, 비 오는 여름밤 남의 집에서 남의 아이를 보며, 저 아이가 나와 미오의 아이라면, 하고 자신도 이해할 수 없는 상상을 하는 데까지 오게 만든 것일까. 내게는 이렇듯 포근한 그 상상이 미오에게는 전혀 포근하지 않고, 아무 맛도 없고, 심지어 피하고 싶은 것이기까지 하다면, 나는 어떻게 해야 할까. 머리가 아팠다. 깊이 들어가면 들어갈수록 마음이 아프고 누군가가 머리를 후벼 파는 것 같아서, 승혜는 그냥 서운해하기로 했다. 미오를 사랑했고, 미오도 나를 사랑해서, 그 마음을 서로 선명히 확인할 수 있어서 함께 3년을 살았는데, 미오는 나와는 달랐구나, 그것도 많이 달랐구나, 하는 식으로, 단순하고 흑백이어서 슬프지만 편리한 결론을 내려버렸다. 어디서부터 잘못된 것일까, 대체 어디서부터.

　시작이 어디였지? 미오의 전 여자 친구였다. 그래, 그 사람. 머리가 길고, 팔다리가 가느다랗고, 동그란 안경을 쓴 조용조용하고 귀여운 인상의, 하지만 입을 열면 똑 부러지는 말밖에 하지 않는, 그 자그마한 여자. 인권 단체 활동가로 오래 일을 했다는 그녀는 여러모로 승혜와는 대조되는 느낌의 사람이었다. 어느 날 미오네 학교에서 학술 발표회가 열려 승혜가 들으러 갔더니, 거기에 그 사람이 있었다. 조교인 미오는 그날 그 자리에 진행 요원으로 참석했기 때문에 발표가 진행되는 내내 음향 기기를 체크하고, 문제가 생겨 넘어가지 않는 피피티를 제대로 넘어가게 손보고, 발제문이 담긴 프린트를 사람들에게 나눠주느라 분주하게 움직이고 있었고, 승혜 쪽으로는 눈 돌릴 틈도 없어 보였다. 행사가 끝나고 승혜가 미오를 기다리느라 자리에서 일어나 엉거주춤 서 있는데, 멀리서 미오가 그 사람과 마주 선 채 얘기를 나누는 게 보였다. 등을 돌리고 있어서 그 사람은 뒷모습만 볼 수 있었지만, 미오의 표정은 승혜에게 멀리서도 또렷이 보였다. 미오는 '슬픈 웃음'을 짓고 있었는데, 이런 표현이 웃기기는 하지만, 그렇게밖에 말할 수 없는 표정이 있었다. 두 사람이 그리 긴 대화를 주고받지는 않았다. 대단한 대화도 아닐 것이었다. 들리지는 않았지만, 잘 지내? 좋아 보이네. 응, 나는 잘 지내. 너는? 나도 잘 지내. 건강해 보여서 기뻐. 뭐 그런 것이었겠지.

승혜는 사실 미오를 사귀는 동안 그런 일이 한 번은 일어나지 않을까 막연히 상상했었다. 그리고 그런 다소 통속적인 상상은, 승혜에게는 그 자체로 미오와 하는 사랑이라는 각본을 완성하는 데 필수적인 요소이기도 했다. 세상에 고결하고 우아하기만 한 사랑이 어디 있을까. 어느 사랑에나 유치함과 찌질함이라는 불순물이 끼어들기 마련이라고 승혜는 생각했다. 그리고 누구에게나 과거는 있는 법이고, 성숙한 사람은 연인의 과거를 자신의 것처럼 받아들이고 인정할 줄 아는 사람일 것이라고, 짐짓 결연하게 마음에 새기며 초등학생처럼 다짐하는 자신의 귀여움에 스스로 도취되어 싱긋 웃기도 했다. 승혜가 예상하지 못한 것이 있다면 그날 그 자리에, 헤어진 연인과 마주 보며 서 있는 미오의 얼굴에 떠오른 슬픈 웃음이, 승혜가 상상했던 각본보다 몇 배쯤은 더 각별해 보이리라는 것이었고, 또한 승혜 자신이 미오의 그 미소에 짐작보다 몇 배쯤 격렬하게 반응하리라는 것이었다. 미오의 그 미소 속에는―승혜의 마음속 가장 유치한 부분을 동원하여 말하자면―'대체할 수 없음'이 선명히 들어 있었다. 손에는 말아 쥔 마이크와 남은 프린트 무더기를 들고, 그날 별로 신경을 써서 입고 나가지 못한 탓에 여기저기 구겨진 검은색 폴로 티셔츠와 낡은 청바지를 입고, 화장도 하지 못한 채 옛 연인을 마주하고 서 있는 미오의 얼굴에 떠오른 건, 분명 자신의 초라함을 무참해하는 사람의 표정이었다.

발표회가 끝나고 며칠이 지난 뒤, 미오의 전화기에 그 사람으로

부터 온 문자가 찍혀 있었다. 미오, 할 얘기가 있어요. 편한 시간에 전화 줘요. 그 자체로는 아무것도 표상하지 않는 것처럼 보이는 그 짧은 문장에서 승혜는 위험을 감지했는데, 그런 불안은 분명히 승혜 자신의 자격지심에서 나온 것이었다. 사실 그 사람과 미오는 예전에 트위터에서는 유명한 커플이었고, 미오의 타임라인을 밑으로 밑으로─더 이상 손목이 아파 마우스 휠을 돌릴 수 없을 때까지 밑으로─내려가다 보면 여전히 그녀와 함께 찍은 커플 셀카가 떠 있었다. 그 문자를 본 뒤 승혜는 트위터에서 그 사람의 프로필을 찾아 눌러보았다. 당연한 일인지는 모르겠지만 미오와 마주쳤다는 얘기 같은 건 없었고, 그저 그녀의 정갈한 일상이, 녹차처럼 차분하고 대나무 숲에 부는 바람 소리처럼 고요하게, 점점이 남겨져 있었다. 그러니까, 한마디로 그녀는 미오와 매우 닮은 사람이었다. 그리고 승혜와는 매우 다른 사람이었다.

그 문자는 며칠 뒤에 지워져 있었다.

미오는 그 문자를 왜 지웠을까. 지우기 전에 전화를 했을까. 한 다음에 통화 기록까지 지웠을까. 왜 지웠을까? 미안해서? 아니면, 숨기고 싶어서? 두 사람, 무슨 얘기를 했을까.

호기심이 일었지만 승혜는 아무 반응도 하지 않았다. 유치함의 맨 밑바닥까지 떨어지고 싶지 않기도 했지만, 그보다는 겁이 난다는 이유가 더 컸다. 그렇게 잘 눌러놓았다고 생각했다. 하지만 생각만큼 모든 게 제대로 되지는 않은 것 같았다. 또 며칠이 지나자 미오가 갑자기 답답하다는 얼굴로 이렇게 물었으니까.

왜 그래? 내가 뭘 잘못했어?

뭐가?

나한테 화를 내고 있잖아. 며칠째 계속.

내가 언제? 그리고 뭘?

아니다…… 아니야.

미오가 한숨을 쉬며 말했다. 왜 그렇게 지겹다는 듯 한숨을 쉬는 것일까. 승혜는 눈물이 날 것 같았다. 하지만 꾹 참았다. 두 사람 다 한동안 말이 없었다. 미오는 점퍼를 걸치더니, 어디로 간다는 말도 없이 소나기가 좌락좌락 쏟아지는 바깥으로 나가버렸다.

베이비시터 면접에 붙었다고 말했을 때, 미오는 잘됐다, 하고 짧게 말하고는, 그래서 이어커프 뺀 거야? 아니면 또 잃어버렸어? 하고 덧붙여 물었다. 잃어버리지는 않았다. 하지만 승혜는 갑자기 지적받은 기분이 되어 아무 말도 할 수 없었다. 늘 하고 다니던, 미오가 선물해준 리볼버 모양의 은색 이어커프 두 개를 왼쪽 귀에서 빼고, 내내 반삭에 가까운 투블록 커트로 짧게 쳤던 머리도 더벅머리처럼 조금 길게 길러 단정하게 정리했다. 매일 입다시피 하던 하와이언 셔츠 대신 얌전한 남색 셔츠를 입었다. 그랬는데도 이호라는 이름의 그 집 아이는 엄마를 쳐다보며 물었다. 엄마, 이 누나는 왜 형같이 생겼어? 남자 아니야?

이호 엄마는 승혜의 생김새 따위에는 크게 신경 쓸 겨를이 없는 것 같았다. 그저 당황한 얼굴로, 그런 말 하면 안 돼, 하고 아이에게 주의를 주었을 뿐이다. 하지만 앞으로도 조심하는 게 좋을 것 같다고 승혜는 생각했다. 분위기를 익히기 위해 첫날 놀이터에 같이 나가 앉아 있을 때, 일본 애니에 나오는 마법소녀 복장으로 코스프레를 한 두 명의 젊은 여자가 나타났다. 나란히 앉아 있는 아이 엄마들 사이로 당황하고 불쾌해하는 표정과 수군대는 말소리가 번져갔다. 확실히, 승혜가 보기에도 그렇게 경건해 보이는 복장은 아니었다. 적어도 육아의 세계에 어울리는 복장은 아니었다. 세일러복 치마는 짧았고, 여자들의 허벅지는 그렇게 만화 같은 가터벨트가 어울리기에는 좀 굵었고, 분홍색 가발은 이 동네에서는 너무 튀었고, 분장은 짙었다. 하지만 승혜 또한 십대 때는 일요일마다 그 비슷한 코스프레 옷을 차려입고 여기저기 돌아다니곤 했는데. 이호 엄마는 뭐라고 말을 얹지는 않았지만 걱정스러운 표정을 하고 이호가 그 여자들의 곁에 가는지 안 가는지 보려고 연신 벤치에서 일어났다 앉았다 하고 있었다. 내가 어떤 사람인지 알면, 이 엄마는 나를 자르겠지? 승혜는 그렇게 생각하며, 그런 생각을 하면서까지 굳이 이런 아르바이트를 하려고 하는 자신을 싫어하며, 그럼에도 숨을 죽이고 조심스럽게 앉아 있었다.

세상에는 베이비시터 일을 할 만큼 아이를 좋아하는, 남자처럼 생긴 레즈비언도 있는 법이었다. 어떤 이성애자들은 그런 베이비시터는 없다고 주장할지 몰랐다. 그리고 어떤 레즈비언들은 그런 레즈비언은 없다고 말하고 싶을지도 몰랐다. 전혀 어울리지 않을 것 같은 두 세계 양쪽에 발을 한쪽씩 걸치고 살아보려 애쓰는 것이 남들 보기에는 그저 우스꽝스럽거나 안쓰러울지도 몰랐지만, 승혜 자신에게는 몹시 혼란스럽고, 매 순간 이질감이 찾아들고, 결론적으로 제법 버거운 일이었다. 그리고 승혜는, 자신이 남들의 시선이 조금도 섞이지 않은 온전히 자기 자신만의 시선으로 살아가는 사람이 아직은 되지 못했음을 알고 있었다. 그 점이 미오와 승혜의 다른 점이었다. 하지만 그렇다 해도, 승혜는 그런 사람이었고, 있을 수 있다거나 있어야 한다거나, 가 아니라 이미 그냥 그렇게 세상에 '있었다'. 그래서 승혜는, 자신이 이상하다거나 어딘가 잘못되었다는 생각이 들수록 더 꿋꿋해야 한다고 생각했다. 남들이 무어라고 하든 두 땅에 단단히 발을 붙이고 서 있어야 했다. 하고 싶은 일을 해야 했고, 그래서 세상에 자신만의 작은 쓸모를 만들어야 했다. 설령 그 '쓸모'가 사랑하는 사람의 마음에 별로 들지 않는 것이라 할지라도 말이다.

그랬기 때문에 어느 날 연락도 없이 일찍 학교에서 돌아온 미오가 갑자기 놀이터를 찾아왔을 때, 그리고 이호에게 말을 해버렸을 때, 승혜는 정말로 화가 났다.

안녕!

미오는 태연한 표정으로 놀이터 벤치에 앉아 이호에게 말을 걸었다.

누나, 이 누나 누구야? 이호가 동그랗게 눈을 뜨고 승혜에게 물었다. 누나 친구야?

친구가 아니고 여자 친구야. 우린 서로 사랑해서, 같이 살아.

미오는 승혜의 얼굴 표정이 난감해지는 것을 천천히 바라보다가, 가방에서 초코바 하나를 꺼내 이호에게 주고는, 승혜에게는 아무 말도 않고 일어나 버스 정류장 쪽으로 발걸음을 옮기는 것이었다.

그날 밤 집에 들어오자마자 승혜는 따져 물었다.

대체 왜 그랬어?

……뭐가. 너 일하는 거 보고 싶어서 간 건데.

그 얘기가 아니잖아. 그런 말을 애한테 하면 어떡해? 일곱 살이라서 다 알고, 기억했다가 엄마한테 말한단 말이야.

아우팅이라도 한 것 같다, 내가.

아우팅 맞잖아. 일곱 살은 사람도 아니야? 그리고 나는, 사람도 아니야?

……야, 김승혜. 그러면 나는. 너희 어머니 찾아오셨을 때, 너도 나를 사람 아닌 것처럼 대했잖아. 숨겼잖아. 들킬까 봐 전전긍긍했잖아.

잠시 말문이 막혀 승혜는 가만히 있었다. 겨우 다시 입을 열었다.

그게, 그렇게 기분 나빴니.

……네 상황은 알지만, 그런데, 그래도, 내가 떳떳하지 못한 존재가 되는 것 같아서 슬펐어. 불쾌했고. 무슨, 너무 낡아서 남들 보기에 창피한 구두라도 된 것 같더라.

그렇다고 꼭 그렇게 해야만 했어? 내가 이 일 하는 게, 그렇게 싫어? 내가 망하는 걸 보고 싶어서 그래? 미오야, 나 여기 첫 직장

이거든. 이제껏 백수로 지내온 내가 너무 한심해서, 내가 뭘 하고 싶은지, 정말로 좋아하는 게 뭔지, 나름대로 많이 고민해서, 처음으로 열심히 생각하고 또 생각해서 결정했단 말이야.

……그래, 알아. 하지만 내가 그 말을 했다고 네가 망한다면, 잘리거나 한다면, 그건 내가 잘못한 게 아니라 그 사람들이 잘못된 거야. 알았어?

너는 정말 모든 걸 네 멋대로 생각하는구나. 그래, 미안하다. 미안해 미오야. 너처럼 잘나지 못해서, 떳떳하지 못해서.

……그런 말이 아니잖아. 그냥 나는…… 가끔 두려워. 네가, 다른 사람들처럼…… 가족을 필요로 하는 것 같은데, 어떻게 해야 할지 모르겠어. 나는 네 가족이 되어줄 수가 없는 사람인데.

눈물이 고여서 승혜는 고개를 숙였다. 다시 고개를 들었더니, 미오의 눈에도 눈물이 고여 있었다. 미오가 다시 입을 열었다.

……승혜야, 나는, 너를 좋아하는데, 네가 필요로 하는 삶을 내가 줄 수는 없는 것 같아. 누구를 키우고 싶지도 않고, 그러면서 희망을 갖고 싶지도, 이 세상에 내 유전자를 남기고 싶지도 않아. 아이를 키우기엔…… 여긴 너무 잘못되어 있는 세상이라고 나는 생각해. 그리고…… 정말 미안하지만 나는 가족이라는 게, 너무 버거워. 남자, 가부장제, 그런 게 아니라, 그냥 가족이라는 제도 자체가 나한테는 너무 힘들어.

그래서.

승혜는 겨우 말했다.

그래서, 지금 무슨 말을 하는 거야. 헤어지자고?

미오가 화난 얼굴로 승혜를 보며 중얼거렸다. 왜 그런 말을 하니…… 어떻게 그런 말을 하는 거야, 너.

네가 하게 만들었잖아. 승혜가 눈물을 흘리며 중얼거렸다. 나는 도대체 너한테 뭐야?

너는 몰라.

한참 말이 없던 미오가 허공을 향해 말했다.

나한테 가족이 무엇이었는지, 너는 몰라. 결코 알 수가 없을 거야. 너는 내가 화목한 집안에서 자라났다고 생각하지. 행복하고 화목한 가정에서 말이야. 내가 너보다 가진 게 많다고, 그래서 배부른 소리를 한다고만 생각하겠지.

그래, 나는 몰라. 승혜가 그 말을 되풀이했다. 나는 결코 알 수가 없을 거야. 그런데, 그런 게 그렇게 중요하니?

미오는 대답하지 않았다. 두 손을 들어 올려 눈물을 닦았다.

승혜는 첫 만남 이후로 자신이 내내 이상화해왔던 미오의 다른 면, 방향은 달랐지만 자신만큼이나 성숙하지 못한 미오의 면모를 그날 처음으로 보았다. 내가 영화 속 주인공이라면, 내가 나오는 영화는 이성애자들의 인정과 정상 가족에 목말라하는 레즈비언을 그렸다는 이유로 비판받게 될까? 충분히 퀴어하지 않다고? 하지만 승혜는 영화 속 인물이 아니었다. 그리고 승혜에게 이런 기분을 느끼게 한 미오는, 승혜가 그려왔던 완벽한 사람이 아니었다. 멀리서 보면 이런 환멸은, 일정 시간 이상을 함께 보낸 커플의 역사에서는 집 안의 바퀴벌레처럼 흔하게 발견되는 것이고, 그래서 어깨를 으쓱하고 그냥 넘겨버려야 하는 것인지도 몰랐다. 하지만 승혜에게 미오는 평범한 연인 이상이었다. 너무 많은 세상을 미오를 통해 배웠고, 너무 많은 꿈을 미오를 보며 꾸었다. 그게 문제였다. 승혜는 어떻게 해야 할지 알 수가 없었다. 그런 이유로 사랑하는 일을 그만두기에는, 두 사람이 힘을 합쳐 쌓아 올린 슬프고 기쁘고 벅차고 험난했던 일상의 조각들이, 생생한 감정들이, 감각들이, 너무 많았다. 그 하나하나의 기억들이 천 개의 이파리처럼 승혜의 가슴속에서 파르르 흔들렸다.

미오가 선언처럼 내뱉었던 '너는 몰라'라는 말에 담긴 무서움을 어떻게 견뎌야 하는 것인지, 승혜는 아무리 생각해도 알 수 없었다. 그 말은 심연의 말이었고, 그것을 똑바로 감당하기에 승혜는 너무 젊었다. 나는 무엇을 모르는 것일까. 얼마나 모르는 것일까. 미오 또한 나를 얼마만큼, 알지 못하고 있는 것일까. 승혜는 무서웠다. 그래서 무서움의 크기만큼 유치한 행동을 하기 시작했다. 그동안 문제 삼지 않았던 미오의 차가운 말투나 남을 배려하지 않는 행동들, 담배를 피우고 길에 꽁초를 버리는 버릇, 경직되고 폭력적으로 느껴지는 사고방식 같은 것들을 하나씩 끄집어내 눈앞에 펴 보이며 미오를 못살게 굴기 시작했다. 미오 역시 비슷한 행동을 승혜에게 했다. 그동안 자신이 사주었으나 승혜가 잃어버린 자잘한 선물들을 찾아내라고 요구하고, 자기 SNS를 감시하는 행동을 그만두라고 말하고, 너는 사람을 너무 갑갑하게 한다고 소리를 질러댔다. 승혜만큼 미오 역시 무서워하고 있었다. 승혜는 그걸 느낄 수 있었다. 하지만, 그걸 안다고 해서 그 하나하나의 작은 행동들이 아무런 상처도 남기지 않는 것은 또 아니어서, 그렇게 젊은 두 연인은 서로를 물고 뜯고 눈이 빨개질 때까지 울음을 터뜨리면서 하루하루를 보내게 되었다.

그리고 장맛비가 쏟아지는 계절이 되어, 승혜는 이렇게 아이 엄마가 돌아오지 않는 남의 집 부엌에서, 미오 때문에 먹지 않은 지 오래였던 고기를 넣어 굳이 요리를 만들고는, 그 고기의 살점을 하나씩 입에 넣고 천천히 씹는 상상을 하며, 시간을 보내고 있는 것이었다. 승혜는 미오가 그토록 진저리를 치는 육식을 하는 자신의 모습을 미오에게 보여주고 싶었다. 유치함의 절정이라는 생각이 들어 웃음이 났지만, 그만큼 미오가 미웠고, 미운 만큼 미오가 그리웠다. 서로 제대로 된 대화를 하지 않은 지 벌써 일주일이었다. 우린 어떻게 되는 걸까? 미오는 한숨을 쉬며 시계를 보았다.

9시 15분이었다. 이호의 눈이 반쯤 감겨 있었다.

그때 비밀번호를 누르는 전자음이 났고, 이어 현관문이 열렸다. 엄마! 한순간에 생기를 되찾은 이호가 발딱 일어나 달려갔다.

이호 엄마는 완전히 녹초가 된 모습이었다. 우산을 썼는데도 빗줄기가 너무 거셌는지 몸이 반쯤 비에 젖어 있었고, 화장이 녹아내린 얼굴은 피곤에 절어 있었다. 잘 있었어, 우리 강아지? 이호를 품에 안고 엉덩이를 토닥거린 이호 엄마가 승혜를 올려다보며 말했다. 이렇게 늦게까지 봐주셔서 감사해요. 너무 죄송해요.

승혜는 아니라고 말하고는, 몇 걸음 걸어가 가스 불을 켰다. 뭐 만드신 거예요? 놀란 눈으로 걸어온 이호 엄마가 냄비 뚜껑을 열어보고는 더욱 놀란 표정이 되었다.

와, 이호야, 누나가 너무 멋진 요리 만들었네. 이게 뭔지 알아? 이게 뭐죠? 그…… 밀푀유나베가? 맞죠? 오늘 무슨 잔칫날 같다!

이호가 엄마랑 먹는다며 아직 밥을 안 먹었다고, 죄송하다고 승혜가 말했다. 돌아가려고 가방을 드는데, 이호 엄마가 먹고 가세요, 안 드셨으면, 말하며 붙잡았다. 둘이 먹기에는 너무 많아요.

이호 엄마가 서둘러 상을 차렸다. 승혜는 세 사람 몫 밥을 퍼서 식탁에 놓았다. 그러고는 자리에 앉았는데, 여러 가지 생각이 났다. 정말 여러 가지 생각이 났다.

데운 냄비에서 모락모락 김이 올라왔다. 이호 엄마가 국자로 고기와 야채를 떠서 국그릇에 담아 승혜에게 건넸다. 승혜는 천천히 국물을 한 숟갈 떠서 입에 넣었다.

정말 맛있네요, 이런 건 처음 먹어보는데. 이호 엄마가 말했다.

고맙습니다.

제가 감사해요.

그때 이호가 말했다.

엄마, 근데 누나는 여잔데, 왜 여자 친구랑 사랑해서 같이 살아?

승혜의 몸이 한순간 굳었다.

그게 무슨 말이야? 이호 엄마가 물었다.

저번에 그 누나 놀이터에 왔었어. 나한테 초코바 줬어. 승혜 누나 여자 친구.

그렇구나, 이호 엄마는 피곤한 음성으로 말하고는, 잠시 말이 없다가 말을 이었다.

이호야, 엄마는 매일 회사에서 늦게 오지?

응.

그게 좋은 거야, 나쁜 거야? 엄마는 좋은 엄마야, 나쁜 엄마야?

나쁜…… 중얼거리던 아이가 혼란에 빠져 말을 멈추더니, 조금 후 다시 말했다. 음, 모르겠어. 엄마는 그냥 원래 그렇잖아.

그래, 원래 그렇지.

응.

엄마도 모르겠어, 엄마가 좋은 엄만지 나쁜 엄만지. 엄마는 그냥 엄마지. 회사에서 늦게 오지만 그래도 엄마지. 마찬가지야. 세상에는 여자 친구랑 사랑해서 같이 사는 누나도 있는 거야. 그냥 원래 그런 거야. 그건 좋은 거야, 나쁜 거야?

모르겠어.

그래, 엄마도 모르겠어. 모르는 건 그냥 모른다고 하면 되는 거야. 아마 그건 우리가 좋다거나 나쁘다고 할 수 있는 일이 아닐 거야. 알았지?

응.

이호 엄마가 말을 이었다.

너 누나 좋아하지?

응, 그래도 궁금해.

뭐가 궁금해?

이런 거 저런 거가.

그렇게 궁금하면, 네가 누나한테 나중에 다시 물어볼 수도 있지. 오늘은 너무 늦었으니까. 그렇지만, 네가 나중에 다시 물었는데도 누나가 대답을 할 준비가 안 돼 있거나, 대답을 전혀 하고 싶지 않을 수도 있어. 그러면 억지로 물어보면 안 되는 거야. 알았어?

응.

모른다고 말해서 미안해요…… 그런데, 정말 잘 몰라서요.

이호 엄마가 말하며 부끄러운 듯 살짝 웃었다. 아, 네. 승혜는 대답했다. 얼굴이 붉어졌다.

피곤에 젖은 엄마와 졸음에 겨운 아이가 묵묵히 밥을 먹었다. 어쩐지 목이 메어 더 먹을 수 없을 것 같았지만, 승혜는 국물을 한 숟갈 더 떠서 입에 넣었다. 이런 맛. 궁금했는데, 생각과는 달랐다. 심심하고, 슴슴하고, 대단한 점이라고는 하나도 없는, 너무 아무렇지 않은 맛이었다. 그 아무렇지 않음 때문에, 실망스러우면서도 안심이 되는 그 별것 아님 때문에, 자꾸 눈물이 날 것 같았다.

미오는 저녁밥을 먹었을까, 승혜는 생각했다. 이렇게 비가 많이 오는데, 집에는 잘 왔는지, 감기에 걸리지는 않았는지, 걱정이 됐다. 울고 있지는 않겠지. 내가 이야기를 하면, 미오는 들어줄까. 내가 물으면, 대답해줄까. 나는 왜 지금껏 미오에게 조금 더 많은 것을 물어볼 용기를 내지 못했을까. 왜 조금 더 들어줄 생각을 하지 못했을까.

알 수가 없었지만, 더 이상 무섭지는 않았다. 미오가, 많이 보고 싶었다. 아직 잠들지는 않았을 것 같았다. 미오는 매일 새벽 두 시나 되어야 잠자리에 드는데, 지금은 겨우 9시 45분이었다. 빨리 먹고 집에 가야겠다고 생각하며 승혜는 물을 한 모금 마셨다. 세찬 빗줄기가 창문을 때리는 소리가 요란했다. 현관문에 기대어진 승혜의 우산이 보였다. 미오가 작년에 선물해준 작은 하늘색 우산이었다.

잘하지는 못하지만 나는 요리하는 일을 꽤 좋아한다. 소설은, 길고 멀고 구불구불한 길을 빙 돌아 오랜 시간이 흐른 뒤에 누군가의 마음에 가 닿는 편지를 닮았다. 전해질지 전해지지 않을지 도무지 알 수 없다는 점이 쓸쓸하면서도 마음에 든다. 반면 요리는, 아주 빠른 시간 내에 즉각적으로 누군가를 행복하게 해주는 행위이며, 그 행복이 '전달'되는 과정을 직접 두 눈과 귀와 코로 확인할 수 있다. 너무나 알기 쉽고 단순하며 투명해서 좋다.

SNS에서 눈에 띄는 요리를 볼 때마다 레시피를 확인해 챙겨놓곤 한다. '밀푀유나베'라는 이름의 요리를 처음 본 순간, 이건 세 사람 이상을 위한 음식이구나, 하고 생각했다. '파티를 여는 거야, 여는 거라고! 어서 친구를 불러! 날 나눠 먹고 힘을 내는 거야!' 이렇게 소리치는 듯한, 굉장할 정도로 과시적인 비주얼이었다.

그런 과시가, 과잉이 필요할 때가 있다. 그것이 우정이든, 사랑이든, 삶의 새 출발이든, 암울하던 일상이 조금 덜 암울해질 것 같은 기미가 보이는 시간이든, 그렇게 무리하게 소리를 높여 박수를 치고 떠들썩하게 덕담을 나누고 풍선과 휘파람을 불고 사진을 찍으면서 흘러넘치도록 무언가를 기념하는 일이 필요할 때가. 아무 일이 없더라도, 아니 아무 일이 없기 때문에 더더욱, 우리는 이따금씩 그렇게 해야 살아가는 일을 계속할 수 있는 것이다.

이것과 저것 사이의 회색 지대에 끼어, 혹은 경계선 위에서, 어디에도 속할 수 없다는 생각을 자주 하며 살았다. 누군가가 정해놓은 틀에 자신이 들어맞지 않는 것처럼 느껴진다고 해서 불안해할 필요는 없다고 승혜에게 말해주고 싶었다. 그런 건 정말 아무것도 아니라고. 아마 이 요리를 먹어보면 내가 무슨 말을 하는지 쉽게 이해할 수 있을 것이다.

커피 다비드

· 이은선

이은선

2010년 서울신문 신춘문예에 단편소설 〈붉은 코끼리〉가 당선되며 작품 활동 시작.
소설집 《발치카 No. 9》이 있다.

Open | AM 10:00

*

케냐 AA 피베리(Kenya AA Peaberry)

커피 과육 안에 두 쪽으로 들어 있는 일반적인 콩과는 다르게 통생두, 이른바 홀빈(whole bean)이다. 둘로 나뉘어야 할 영양소가 하나로 뭉쳐 있다 하여 커피의 에센스로 부른다. 달고 신맛이 응축되어 있으며 진한 재스민 향이 난다. 커피 열매 중 약 7퍼센트 정도의 비율을 차지하는 피베리는 가지 끝에 주로 매달려 있어 '커피의 진주'라는 별칭으로 불린다. 볶는 시간과 숙성 기간이 일반 콩보다 오래 걸린다.

진하게 좀 부탁드려요. 네, 그거요. 엊그제는 약간 알싸했는데 오늘은 좀 더 익었겠죠? 배 보내고 오는 길이에요. 잘 갔어요. 가는 거 보고 바로 돌아서려고 했는데 어째 발이 잘 안 떨어지대요. 늘 가던 길로 아예 갔어요, 우리 배. 그 사람이 키를 잡을 때도 배가 항상 수평선 쪽으로 죽죽 나아갔는데 오늘도 그랬어요. 한참을 보고 있으니까 마치 남편을 배웅하러 온 것 같더라고요. 아, 감사합니다. 향이 좋네요. 같이 한잔하세요. 다비드 님 커피는 제가 살게요. 괜찮아요, 드세요. 오늘 배값도 받았는걸요.

내가 여기 온 걸 알면 또 잔소리 엄청 해댈 텐데, 하면서 왔어요. 그 사람이 집에 오게 되면 언제 다시 일하러 나가나 기다리는 것도 일이었는데 이제 그것도 옛말이네요. 아마 아직도 이해 못할 거예요. 이 건물이 자기가 잡아 온 생선들 팔아주던 횟집에서 카페로 변한 것도, 제가 여기 단골이라는 사실도 말예요. 그 사람은 오로지 봉지 커피밖에 몰랐잖아요. 원두가 쓰기만 하고 뭔 맛이 있냐고 투덜대면서도 제가 커피값 좀 달라고 하면 두말없이 주곤 했어요. 사실 그 사람이 알고 있는 것보다 저 꽤 자주 왔는데, 그렇죠? 그 사람한테 말 안 하고 올 때는 여기서 나쁜 짓 하는 것 같기도 했어요. 언젠가 한번은 우리 배 들어오는 거 보고 놀라서 커피 마시다 말고 나간 적도 있잖아요. 기억하시죠? 네, 그날이요.

처음에 이 원두를 권해주셨을 때는 이게 뭔가 싶었는데 이제 다른 것은 못 마시겠어요. 뭔가 꽉 들어찬 맛인데 아무튼 제가 표현을 잘 못해서…… 그 사람 배까지 갔으니 이제 진짜 아무것도 없네요. 아까 배 보내고 돌아서는데 왜 그렇게 눈물이 나던지. 누구랑 무슨 말이라도 좀 하고 싶어서 왔어요. 오늘 커피는 특히 맛있네요. 그이는 제가 원두커피를 마시면서 달다고 말하는 걸 정말 이해 못했어요. 제가 설탕 덩어리 같은 봉지 커피를 열 개쯤 탄 물병을 배에 실어주면 그 사람이 조타실로 들어가서 시동을 걸곤 했어요. 어떻게 저 먼 데까지 가나 싶은 지점에서도 그 사람 배는 꼭 돌아왔어요. 제가 너무 보고 싶었다나? 아무튼 누군가는 실종이 되기도 하고 전복된 배 밑에서 시신으로 건져지기도 하는 이 바다에서 그이는 언제나 제게 와주었어요. 노을이 짙은 수평선을 가르면서 늠름하게 물살을 헤치고 오는 배라니! 잡아 온 것을 하역하고 나면 거의 한밤중이었는데 그때부터는 참 좋았어요. 일하고 와서 정말 피곤했을 텐데도 절 다 받아줬거든요. 제가 막 내린 원두커피 한 모금을 입에 머금었다가 그 사람 입으로 넣어주면 그때는 정말 맛있게 받아먹었어요. 오늘 커피 어땠어? 하고 물어보면 자다가도 좋다고 이야기해주던 사람이었는데. 그러고도 또 새벽같이 일어나 배를 몰고 나갔어요. 천성이 부지런한 사람이라 오래 누워 있는 것도 못했어요. 밤새 내 속에 있던 그이가 바닷바람 가르면서 수평선 쪽으로 쭉쭉 나가는 것은 또 얼마나 멋졌는 줄 아세요? 어둠 속으로 끌고 들어간 배 위로 떠오르는 그 둥근 해라니! 저한테는 늘 해 떠오는 수평선 위의 우리 밴데, 이젠 누군가 그걸 지켜보겠죠? 우리처럼 그 배를 아껴주겠죠?

이 넓은 바다 어딘가에 그 사람이 떠 있다고 생각하면 겨울 해는 정말 따뜻했고 여름 해는 진짜 시원했어요. 시원한 해 맞아보셨어요? 바람 많이 불 때 두 팔 벌리고 서서 해를 바라보면 엄청 시원하거든요. 제가 여기 이사 와서 처음으로 이름을 붙인 해예요. 그렇게 해맞이하다 마시는 아이스 드립 커피는 정말 환상이었어요! 시원한 생맥주에도 커피를 부어 마시면 또 다른 신세계였죠. 그렇게 제가 그 사람 기다리면서 낮밤 상관없이 마셔댄 커피를 다 합치면 이 앞바다는 차지 않을까요?

무인도 모래사장에 좌주(坐洲)됐다는 전화를 받은 게 새벽 두 시쯤이었는데, 밀물 때 맞춰서 배를 꺼내면 된다는 말을 하더라고요. 저는 걱정되서 밤새 안절부절못하다가 커피 봉지가 보이길래 닥치는 대로 털어 넣고 마셨어요. 단 게 들어가니 마음이 좀 녹었어요. 남편 냄새가 나는 것 같기도 했고요. 근데 이 바보 같은 사람이 자기 몸 다친 줄도 모르고 배를 끌어오다 바다 한가운데서 그냥 그렇게 가버렸어요. 배가 표류하고 있는 걸 라라호 선장님이 발견했대요. 해경이 올 때까지 심장마사지를 했다는데 그래서 그런지 나중에 염할 때 보니까 가슴팍이 다 멍들어 있더라고요. 대체 무슨 일이 있었는지 온몸에 커피 얼룩이 잔뜩 묻어 있었는데 영안실에서도 커피 냄새가 나더라니까요. 엉망이 된 그 사람 옷매무새를 바로 잡아주다가 살을 스쳤는데 정말 차가웠어요. 그 뒤로 자꾸 손끝이 저려요. 장례 끝나고 배에 들어가보니까 조타실에 커피 병이 엎질러져서 아주 난장판이더라고요. 그 냄새가 참 슬펐어요. 걸을 때마다 쩍쩍 달라붙던 굳은 커피도 참 뭐랄까…… 아무튼요, 이장님이 배 그냥 놔두면 안 된다고, 배 상하니까 빨리 팔라고 해서 팔긴 팔았는데 잘한 일인지 모르겠어요. 마을 사람들이 입으로는 저를 위로하는 척하면서 헐값에 가져가려고들 아주 난리였어요. 그래도 이장님이 주선을 잘해주셔서 좋은 분께 넘긴 것 같아요. 아까 새 주인이 조타실 문 앞에다 막걸리 한 병을 붓더라고요. 당신 나름대로 배에 인사하는 것 같았는데 그걸 보고 나니까 마음이 놓였어요. 배만 보면 그 단 커피 냄새가 맴돌았는데, 막걸리 쉰내가 진동하는 걸 보니 기분이 좀 이상하더라고요. 이제 어찌 될지 잘 모르겠네요. 당분간은 좀 이것저것 정리하느라 바쁘겠죠 뭐.

원두 좀 싸주세요. 숙성된 거 100그램, 지금 볶고 계시는 거 200그램이요. 집에 가서 내려볼게요. 남편은 한 잔도 제대로 못 마셨는데, 이럴 줄 알았더라면 억지로라도 권해볼걸 그랬어요. 이거라도 많이 먹고 가지…… 맨날 그 설탕물만……. 피베리 한 잔 더 주세요. 잔도 바꿔 주세요. 그 러시아 잔에다가요. 네? 아, 그럼 그냥 여기다가 주세요. 이번엔 좀 연하게요. 오늘따라 입에 향이 오래 남네요.

*

에티오피아 예가체프 G1(Ethiopia Yirgacheffe G1)

산미가 풍부하여 여러 사람들에게 두루 사랑받는 커피다. 시큼한 향과 다채로운 허브 향을 동시에 품고 있으며 바디감이 가벼운 것이 특징이다. G1은 1등급이라는 표기다.

사장이 러시아 여행 갔다가 사 온 컵이래요, 이게. 귀한 손님한 테만 내주는 거라는데 지은 씨를 위해 특별히 주문했어요. 컵 문양이 마치 러시아 그 여름궁전 같지 않습니까? 이 커피도 역시 우리 지은 씨를 위한 거예요. 예가체프 G1, 이르가체페라고도 읽지만 제게는 지은 씨 커핍니다.

자, 한번 드셔보세요. 어떠세요? 오늘따라 산미가 아주 풍부한 것이 프리지아꽃 한 움큼 입에 머금은 것 같으십니까? 커피의 바디감이 마치 우리 지은 씨 웃는 모습처럼 좋네요. 하하, 요새는 뭘 봐도 지은 씨밖에 생각이 안 납니다. 어제는 여기 와서 커피 마시는데 이 향미가 꼭 우리 지은 씨 입술, 아니 그 향…… 여하튼 그랬습니다. 저는 요즘 뭐든 다 지은 씹니다. 제 할 일도 지은 씨고, 제 생각도 지은 씨고, 제 꿈도 지은 씹니다. 그리 웃어주시니 더 아름답습니다. 한 잔 더 하시겠습니까? 저는 지은 씨가 드시는 것만 봐도 행복하네요.

어제는 문득 이 해변을 걷다가 평생 우리 지은 씨와 함께 걷고 싶다는 생각을 했습니다. 제가 조금 많이 미련한 편이라, 한 사람밖에 못 봅니다. 이제 제 눈은 오로지 지은 씹니다. 부담을 드리려는 것이 아니라 저는 그런 놈입니다. 지은 씨, 저 바다와 해와 모래 사장과 커피 잔에 맹세합니다. 그리고 이 커피는 이제 앞으로 쭉

평생 우주가 끝날 때까지 영원토록 지은 씨 커핍니다. 제가 카페 하나 차려서 예가체프지은이라는 메뉴를 만들게요. 이 쌍큼한 꽃 커피 한 잔이면 인생이 참 풍부해질 것 같지 않으십니까? 지은 씨, 저 믿어주세요. 우리 당장 다음 주라도 결혼합시다. 아무것도 필요 없어요. 지은 씬 몸만 오면 됩니다. 제가 준비 다 할 테니까 지은 씬 마음만 열어주세요. 제가 그 안에 들어갈 테니. 하하하! 저는 이미 지은 씨 겁니다. 절 마음대로 해주세요. 당장 혼인신고부터 할까요, 우리?

다름이 아니라, 그때 이야기한 상가 임대 건 말인데요. 아버님이 저를 탐탁찮게 여기신다면 저는 더 무리할 생각이 없습니다. 일에 대한 아쉬움을 접고 지은 씨만 바라볼 겁니다. 그렇게 말씀하시진 마시고요. 아버님이 무슨 잘못이십니까. 제가 부족한 탓이지요. 인감 하나만 있으면 되는데, 그게 참…… 우리 사이의 장벽을 없애기 위해서라도 상가 임대 건을 마무리 지어야 하는데 저는 이 시련이 우리의 사랑을 더욱더 공고히 하는 것이라 받아들이고 있습니다만, 만일 일이 성사가 안 되면 그냥 저 혼자만 마음을 접으면 되는 거 아니겠습니까? 어차피 지은 씨와 지은 씨 아버님은 저를 못마땅하게 여기시니. 아니라고 말씀하지 마세요. 그냥 깨끗하게 포기하겠습니다. 예? 아아, 그래주시겠습니까? 그럼 조금 더 기다려보지요. 지은 씨도 너무 무리하지 마세요. 여기, 에티오피아 지은체프 한 잔 더 주세요!

그런데 우리 지은 씨 얼굴이 왜 이렇게 상하셨나요? 아아, 피곤하세요? 저도 요즘 강원도 리조트 투자 건으로 정신없이 여기저기 다니다 보니 너무 고단하네요. 그래도 우리 지은 씨 보고 싶어서 밤새 달려왔습니다. 정 힘드시면 그냥 나갈까요? 지은 씨 피로가 풀리실 때까지 저기 옆에 가서 잠깐만 쉬었다 가죠, 우리! 걱정마십시오, 방은 두 개를 따로 잡아 우리 지은 씨를 지켜드리겠습니다. 네에? 하나면 된다고요? 그, 그럴까, 안 됩니다. 혼인 전까지는 지켜드리겠습니다. 아아, 왜 이렇게 갑자기 얼굴이 갑자기 상하셨나요. 우리 얼른 나갑시다.

사장님, 여기 커피 취소요. 지은 씨, 가시죠!

*

멕시코 알루라 & 과테말라 후에후에테낭고
(Mexico Altura & Guatemala Huehuetenango)

멕시코 알루라는 단조로운 맛과 마른 나무 향이 일품이다. 숙성 기간이 짧고 생두와 로스팅 상태에 따른 맛의 크기가 차이가 없다. 과테말라 후에후에테낭고는 과테말라 원두 특유의 거칠고 진한 맛을 가지고 있다. 바디감이 매우 중후한 편이며 중남미 커피 특유의 매캐한 향이 특징이다.

아저씨, 오늘 멕시코 생두 볶는 날이람서요? 어제 아저씨가 그랬잖아요. 그 촌스러운 아줌마들한테 하는 얘기 다 들었어요. 아니 뭐 학교 가기 싫은 건 초딩 때부터 그런 거고 뭐 이게 하루이틀 일인가요. 아저씨 내가 온 게 싫어요? 갈까요? 진짜? 근데 저 배고파요. 이따 짜장 콜? 근데 멕시코 생두는 어떻게 볶는 거예요? 전에 무슨 피베린가 그거는 한참 볶는 거라고 했잖아요. 제가 수첩에 적어놨어요. 여기 보세요. '통으로 된 생두라 볶는 시간과 숙성되는 시간이 다른 생두에 비해 두 배는 더 걸린다.' 제가 이해를 잘 못해서 그렇지 받아 적는 건 잘해요. 네? 시끄럽다고요, 제가? 헐, 아저씨 표현력 개오지고 지리고.

아, 알았어요. 가만히 있을게요. 수첩에 적기만 할게요. 네? 다시 불러주세요. 자그락자그락 콩 돌아가는 소리 때문에 잘 안 들리거든요. 또박또박 말씀해주세요. 풉. 아저씨 발음 오지게 새네요. 네? 아네요. '멕시코 원두는 단조로운 바디감이 일품이다. 마른 나무맛이 난다'라고 적으면 돼요? 이런 말이 어딨어요, 세상에. 아저씨 나무 씹어봤어요? 아, 알겠어요. 그냥 적기만 할게요. '멕시코 알투라는 숙성 기간에 상관없이 볶아서 바로 마실 수 있는 품종 중 하나다.' 아저씨 숙성 기간에 상관없다는 게, 볶자마자 갈아 먹는 거예요? 이거 볶은 거 지금 바로? 한 알만 줘보세요. 저번에 아저씨 이렇게 먹는 거 한 번 본 적 있어요. 그리고 얼마 전에 우리 국어 쌤이 그러는데 그 왜, 그 엄청 유명한 그 작가 그, 그…… 아 맞다. 메밀꽃! 그 작가님도 옛날 옛날에 커피 엄청 많이 마셨대요. 강원도 산골에서도 커피를 구해서 마셨대요. 커피가 되게 오래전에도 있었나 봐요? 그래가지고 그 메밀꽃 글 쓸 때도 커피 마시면서 썼대요. 그럼 소설 제목도 바꿔야 하는 거 아닌가?《커피 마실 무렵》이런 거로. 아무튼 커피를 너무너무 좋아해서 서울에 있는 백화점에서 간 커피를 사서 전철을 타고 돌아오는 동안에도 가방에 머리를 박고 냄새를 맡았대요. 전차라고요? 뭐 암튼 그거요. 그 작가되게 웃기죠? 커피 중독자야, 중독. 작가들이 커피를 마시면서 글을 쓰면 더 잘 써지나? 간지 나서 그런 건가? 나도 그럼 커피 마시면서 공부하면 메밀꽃 작가 될까요? 아저씬 이 얘기 아세요? 대박. 다 아는 얘기를 뭐 하러 끝까지 듣고 있대요? 참 나, 얼척없고요, 오지고요, 지리고요. 근데 이 콩은 아몬드 맛 나는데요? 아우, 써. 이걸 어떻게 한 주먹씩 집어 먹은 거지? 설탕도 안 넣고. 아저씨 근데 또 뭘 볶는 거예요? 수첩에 적게 이름 말해주세요.

투에투에데남? 뭐라고요? 아저씨가 써주세요. 과 테 말 라 후 에 후 에 테 낭 고? 이게 다 한 가지 이름이에요? 헐, 아저씨는 이걸 다 외워요? 아 맞다 맞다, 전에 커피 이름은 다 생산지 이름이라고 아저씨가 말해줬는데. 지난달에 인도네시아 파란 달 원두 볶을 때요. 그 파란 달 이름이 너무 이뻐서 제가 또 적어놨잖아요.

어? 저 오빠 또 왔다. 내가 볶은 원두 탄 거 갖다 준 그 멍청한 오빠요. 탄 거요? 왜 탔냐면요…… 제가 아저씨 손님 받을 때 볶던 원두 태웠는데요. 아저씨한테 혼날까 봐 그 원두 다 줘버렸거든요. 미리 말 못해서 죄송해요. 태운 걸 알면 아저씨가 뭐라고 할까봐 그랬어요. 근데 자꾸 저를 쳐다봐요. 쫌 찐따같이 생긴 것 같아서 별론데.

아저씨, 손님이 계산해달라는데요? 아 참, 아까 저 아줌마가 왜 여기는 이름이 다비드냐고 저한테 물어봤거든요. 제가 알반 줄 알았나 봐요. 그래서 아저씨가 다비드같이 잘생겨서 그렇다고 했어요. 대충 뭐 그렇게 둘러댔는데 괜찮죠? 아, 진짜라고요? 와, 아저씨 그렇게 안 봤는데 좀…… 네? 미켈란젤로? 미술 시간에 들어는 봤어요. 다비드 상? 잠깐만요, 검색 좀 해보고. 대박. 아저씨 이거 진심이에요? 아저씨가 이렇게 잘생겼다고? 다비드가 장딴지는 굵고 거긴 좀 작네요? 아오, 제가 너무 크게 말했나요. 조용히 다시 말해드려요? 헐. 그렇게 잘생긴 다비드가 이 코딱지만 한 섬에 올 이유가 없잖아요? 아저씨가 정말 잘생겼고 멋지면 티브이에 나오지 여기 있겠어요? 참 나, 말도 안 돼. 네? 제가 왜 나가요? 근데 과테말라 이거는 오늘 왜 볶아요? 비싼 거예요? 그럼 아저씨 이거 팔면 돈 많이 벌어요? 나도 돈 벌어야지. 이 원두는 어떤 특징이 있나요? 왜요, 적어놓으면 좋잖아요. 저 필기는 잘한다니까요? 스모키 화장은 아는데 원두도 스모키예요? 아무튼 스모키한 향이 특징이고, 네? 잘 안 들려요. 바디감이 묵직하다고요? 바디샵? 아저씨는 뭐가 제일 맛있어요? 비싼 거? 바디샵 향 나는 거? 아저씨 내가 스모키 화장 해줄까요?

아, 알았어요. 죄송해요. 인제 말 안 시킬게요.

오늘의 커피

주인의 취향과 숙성된 원두의 상태에 따라 블렌딩한 원두. 어떤 원두를 조합하느냐에 따라 맛이 다르다.

〈카톡〉 자냐? 왜 톡 안 보냐? 내 톡 좀 빨리 보라니까. 아, 이 새끼 진짜. 그 고딩이 여기 옴. 오늘도 날 자꾸 쳐다봄. 나를 의식해서 자꾸 이쪽을 쳐다보는 게 분명함.【문자】너데이터켜고빨리톡봐 〈카톡〉머 하냐? 새꺄, 내 말 좀 들어봐. 그 발랄한 고딩이 있지? 아니 터미널 걔 말고 카페에 있다는 고등학생. 쟤 또 왔는데 전에 나한테 원두커피 선물하고 이젠 날 쌩까네? 밀당인가 봐. 아니긴. 야, 뭔가 마음이 있으니까 커피를 준 거 아니겠어? 지려. 내 느낌이 맞아, 새꺄. 너 같으면 쌩판 모르고 관심도 없는 사람한테 선물을 주겠냐? 나랑 쟤랑 여기서 마주친 게 얼만데. 쟤 눈웃음으로 막 홀리는데 내가 아주 그냥. 너 같은 새끼나 몰라보지 난 한 번에 알 수 있어. 야, 섬에서는 귀하디귀한 원두를 선물해줄 정도면 쟤가 나한테 푹 빠진 거야. 그러지 않고서는 그럴 리가 없잖아? 아, 쌍! 자꾸 아니라고 할래? 너 어디서 커피 한 봉지 받아본 적 있냐? 분명해, 그린라이트! 김범, 너 왜 답 안 함? 한 번만 더 읽씹 하면 조져버려 아주. 어? 쟤, 쟤 지금 카페 사장 팔짱을 끼네? 헐. 나

보라고 저러나? 진짜 나 보라고 저러는 걸 거야. 당황스럽네? 오늘 내가 아주 끝장을 본다. 내가 쟤 물 뺀다. 야, 나중에 톡... 아 ㅅㅂ 나 커피 쏟음 ㅠㅠㅠ.

*

파나마 게이샤(Panama Geisha)

이른바 스페셜티(specialty)로 불리는 최상급의 커피다. 커피 열매가 대량생산이 불가능한 높은 고도에서만 자라며 자연 재배로만 수확할 수 있는 품종이다. 바디감은 가벼운 편이며 재스민 향과 시트러스류의 산뜻한 신맛을 가지고 있다.

어이, 다 사장. 나 왔네. 거시기 그 콩 찌끄리느라 겁나 바쁜 거 같은디 쫌 이따 나올랑가? 내 여그서 기다리께잉. 옴마? 물이 솔찬히 떨어져붓네. 안 쓰는 봉다리 하나 있음 쪼깐 주쑈. 고맙소잉. 나는 일없응께 사장님 일 다 보고 보세. 아이고오, 여수댁 여그요. 아 싸게 싸게 오랑께. 나도 시방 왔구먼. 갯것 다 혔고? 욕봤소야.

아, 우덜 목소리가 그로코롬 크다요?

허구헌 날 바다에서 소리만 질렀쌍께 그라제. 거시기 여그 앉으씨요 비싸기는. 오늘은 그래도 되야라. 이거? 아 비니루도 찢어져부렀네. 다사장님 여그 오봉 한나만 주씨요. 으잉? 이게 누구여?

아, 그 일수 찍는 김 사장 댁 딸? 아따 너 많이 컸다이. 근디 시방 니는 공부 안 허고 여서 자빠져 자부냐? 어릴 때부터 그라고 대그빡 야물다고 김 사장 자랑해싸트만 여그서 이라고 있구마니. 낯짝은 더 반반해졌다야. 앗따 이년 팔뚝 굵네. 그래도 시집은 가야제. 거시기 이 봐라, 고뿌도 지 받침이 있다는디 지금 과년한 처자가 여그서 이럼 쓴다냐? 헐 얘기제 그람. 야도 알 건 알아야 한당께. 집에 돈 쪼깐 있다고 믿고 여그서 이러는 거 같은디 그람 안 된다잉. 거시기 빨리 갈 길 가야 느그 엄니도 맘을 편히 묵제.

아, 이럴라고 온 거시 아니고. 다 사장, 안녕하셨어라? 이것은 아침에 나가 물질 쪼까 했소. 자연산 전복잉께로 다 사장 보신허소잉. 이게 그 여그서 젤로 비싸고 좋은 커피다 이거제? 왐마, 향조은 그! 냄새 쪼까 맡아봐야. 이런 걸 이 슴에서 보게 될 줄은 꿈서도 몰랐당께. 여수댁아, 니 이거 한 잔 찌끄려봐라. 거 다 사장도 한 잔 드씨고. 내가 살 텐께. 아따, 말리지 말어. 오늘은 그러고 싶어라우. 내가 여그서 이것도 못해불고 떠나믄 뭔 재미여. 으미, 근디 이거 오지게 쓰네잉. 설탕 업쓰? 아니 이걸 뭔 맛으로 마신당가? 고것 참 허벌나게 쓰네잉. 혹시 여기 믹쓰 커피는 업쏘? 내가 입맛이 영 그라구만, 거시기 함 먹어는 보게. 뭔 쐬주 맛도 나는 것 같고 그라제만 뒷맛은 깨운하구먼. 싸게 싸게 찌끄려봐. 돈은 얼마든지 있응께 한 잔 더 마셔부러도 돼야. 여수댁, 괜찮여. 오늘은 그러고 싶단 말이여. 여기 즘 앉아보네잉. 폴새 가분 사람들 생각도 나고, 뭐 그라구만. 이 큼큼한 슴에 이렇게 뽀얀 가게가 들어설

줄 어케 알았당가. 시상이 변해부렀어. 인자 여그도 문화적인 거시기가 있는 거시기랑께.

엊그제 피언지가 왔어, 핀지. 출소허믄 엄니 모시고 효도한디여. 즘 받아봤어. 생각해봉께로 오늘이 갸 생일이여. 귀 빠진 날 떡국 한 그릇도 제대로 끓이주지도 못허는 이게 다 뭔가 싶당께. 더 마셔도 되야. 술도 아니고 커핀디 뭐. 이…… 거시기 항암은 다 끝났는디, 또 옮겨 붙었나벼. 암 땡이가 질기기도 혀서 도통 떨어져불 생각을 안 허네잉.

여수댁, 내 할 말이 있어서 열로 불렀어야. 우리가 허구헌 날 이 앞바다에서 물질은 혔지만 여기 들어와본 적도 없었잖여. 나가 아무리 심들게 살아도 새끼 하나 있는 그 감옥소에 넣고 사는 인생이니 한시도 편케 산 적이 없어야. 니, 알제? 밖에 나와 돌아댕기면 전복 넣어서 미역국 한 사발 찐허게 끓이줬을건디 인자 나가 언제 또 그래 보겄어. 요새는 밥도 잘 안 넘어가는 것이 조시가 션찮어. 그래서 기운 있을 때 여그도 함 와보고 여수댁헌티 청헐 것도 있고 혀서.

거시기가 오래 감옥소에 있어붕께 아마 시상 물정 모를 거여. 그때 좀 잘 갤쳐주소. 내 여태 한스러운 것이 그노무 새끼 그라고 하릴없이 돌아댕길 적에 머리라도 확 밀어서 어디 들여보냈어야 했는디. 갸가 머리가 겁나 좋은 애였잖여. 노력을 안 해서 그라제 허믄 쩌 그 높은 디까지는 아니더라도 어디 선생 자리 하나는 혔을 애여. 친구 잘못 사겨서 그렇지. 만기가 내후년인디, 아마 나는 쪼깐 어려울 거시여. 아헌티 말은 안 혔어. 몰르는 것도 괜찮고. 면회는 지난달에 다녀왔는디 자꾸 엄니 어디 아프냐고 물어봐싸서 그만 가야겠네. 영치금이나 쪼까 더 넣어돌라 캐쌓기나 허고 안직도 철이 없드란마씨. 여수댁, 내 앞으로 된 거시기가 이게 다여. 나가 믿을 만한 사람이 여수댁밖에 없응께. 부탁 쫌 혀. 조합 돈 비밀번호는 즈 아부지 생일 네 자리라고 허믄 갸도 알아들을 겨. 그거로 터 잡을 때까지만 보살펴주소. 내 죽어서도 잊지 않을께잉. 이 말 헐라고 불렀소.

다 사장 같은 이런 번듯한 가게는 못 차리더라도 지가 하고 싶은 거라도 함서 살 수는 있을겨. 그 뭐시냐, 이장이랑 같이 가서 공증인가 하는 것도 받아놓은 유언장이여. 금사님이 봐주싱께 아? 빈호사님. 아무튼 그 높은 분이 봐주셔서 법적인 효력도 있다네. 부탁혀. 어메 아베 잘못 만나갖고 갸가 그런 거제, 심성이 아주 나쁜 아는 아녀. 왜 울고 그려. 눈물도 싸. 울덜 마러.

거시기가 갸들 신세 조졌을 때 나도 같이 따라 죽었으야 하는디 목숨이 질기더랑께. 물질을 험서도 가끔 돌고래 같은 게 옆이서 말 걸 때마다 갸들 얼굴이 생각나는디 그때마다 캭 물숨 쉬고 죽어불락 했던 게 한두 번이 아녀. 몇 번인가는 여수댁이 나 건져줬잖애. 디지고 싶었음서도 살고 나믄 다행이라코 한숨이 셔졌당께. 새로 옮겨 붙은 암땡이가 사실은 말기랴. 항암도 더 못 받는다는구만. 그래서 엊그제부텀 다 정리혔어. 물질도 오늘로 인자 안 헐라고. 그래도 전복 한나는 여그 다 사장 주고 싶었네. 사람이 참 좋왔당께. 내 아들 넘보다 더 내게 살가운 것이…… 내 맘적으로는 여그가 잘되기를 바람서도 커피 한 잔 팔아주지 못한 거시 늘 걸렸어. 오늘은 내가 낼라네. 안 받지 말어.

다 사장 그리고 행여라도 울 아덜이 와서 커피 맹그는 거 갈쳐달라고 하면 돈 받고라도 꼭 갤쳐줘잉. 소지하는 애로 써도 되야. 여러모로, 부탁허네. 내가 유언장 뒤에 핀지로 다 썼어.

이게 여그서 젤 좋고 비싼 커피라고? 나 이거 한 잔 마셔봤응께 됐네. 소원이 읎어. 나도 색씨 적엔 이런 다도 같은 것도 해보고 유행가도 듣고 외국 그 깽깽이 소리도 들음서 살고 싶었다네. 아덜 하나 있는 거 죄인 맹글어놓고도 살아지는 게 인생인디 여태 이거 한 번 못 묵어보고 가는 것도 도리는 아닌게로. 내 맘은 그랬당께. 거시기 오늘 내가 소원 풀이를 한 번에 몽땅 해부렀네. 이렇게 존 디 와서 음악도 들어보고 세상에서 젤로 비싼 커피도 마셔불고 아덜 같은 사장헌티 전복도 따 주고. 평생 친구헌티 할 말도 허고. 인자 거시기 죽어도 원이 없네야. 다 사장, 한 잔 더 줘보게. 내 한 잔 더 팔아주께.

헹? 그건 뭐여. 여튼 같은 거 한 잔 더 해주랑께. 아녀, 아녀. 내가 낸당께 왜들 그랑가. 오늘만큼은 나 허고 자픈 대로 허게 냅두쑈야.

다 사장, 이 노란 등 밑에서 이릏케 커피 맹그는 게 바다에서도 보이는디 그게 글케 따땃하게 보일 수가 없었으. 물질 허다 보믄 여기 불빛이 꼭 오징어 배 같아 보이는디 사람들이 막 오징어 떼만치로 몰려오고 가는 게 보일 정도였으. 내가 눈은 좋아서 누가 오가는지도 다 봤당께는. 아덜 감옥소 간 뒤로 이 존 눈으로 눈치만 보고 살았어야. 긍께 자꾸자꾸 눈이 더 조아져부렀어. 여그 다 사장을 내가 많이 훔쳐봤당께. 젊은이가 열심히 사는 모습이 참 좋드라고, 나는. 타관 사람 왔다고 동네서 속삭거릴 때도 나는 젊은 사람이 여까지 와서 이런 일 헌다고 헐 때는 뭔가 다 뜻이 있거니 했어야. 그봐, 여가 지금은 동네 명소자네. 슴사람덜만 복닥이다가 다 사장이 여그다 불 써놓은 뒤로는 외지 사람덜도 맘 가찹게 댕겨가고 그라다 봉께 횟집덜도 다시 열기 시작했짜네. 얼마 전에는 테레비두 나오데? 섬에서 문화를 꽃피우는 커피 향기 어쩌고. 내가 거시기 그 말도 다 외워놨으. 얼매나 자랑스러웠는지 아요. 유세허러 왔던 대통령이랑 악수할 때만치로 가슴이 콩닥거렸당께.

고마웠소. 노란 불빛만으로도 내 마음 다잡고 물질하러 들어간 때가 한두 번이 아니오. 사람이 홀로 고독허믄 이런 불로도 마음을 뎁히고 그러고 사는 거시제라. 내 그리 살았소. 꼭 우리 아덜 같어서 볼 때마다 맘이 그렇게나 조트라고. 앞으로도 열심히 살소. 거시기 전복 이빨은 꼭 짤라내야 해. 안 그럼 속 긁어. 안다고라? 오메, 똑똑한 그.

뭐여? 쩌 학상은 여태 안 갔구만. 저, 저, 저 입은 꼬라지 봐라……. 그려, 저것도 다 한때여. 뭐든 다 좋아 뵌당께, 여그는. 진즉 와서 한 잔 더 팔아줬어야 한디 그노무 돈이 뭐시라고. 나가 여기는 하늘같이 비싼 덴 줄만 알았당께. 여그 커피값이 얼만지 모르제만 다 받으소. 한 잔 그냥 준 것도 셈해서 받으소. 그리고 우리 아덜 좀 잘 부탁허네. 꼭 부탁하요. 두 잔째 마신 거는 어째 별로 안 쓰네 그랴? 같은 거라고? 매실 엑기쓰 향도 나는 것도 같고. 그려, 이런 맛에 먹는 거구먼. 나중에 나 가거들랑 내 빈소에 이 커피 한 잔 올려주소. 그 값도 여기 놓고 가요. 잘들 지내소.

어허, 안 받기는! 사람 성의 그렇게 무시허는 거 아니요잉. 내가 본디 없고 배운 바 없어 이러고 살았지마는 셈 하나는 칼같이 하는 사람이오. 다 받으요. 그리고 복도 다 받고 다 사장 여그서 앞으로는 꽃길만 걸으소. 내 많이 고마웠네잉. 오다가다 짐 들어준 것도, 가끔 과일주스 맹글어 내준 것도, 어깨 주물러준 것도 안 잊었소. 다 사장님은 심성이 착혀서 앞으로도 잘살 거여. 패투병 뚜껑 안 열릴 때마다 갖고 와서 미안하요. 물질로 손가락이 상해서 그런 걸 못 여는 디 다 사장이 한두 번 돌려준 게 아녀. 안 열려서 심퉁 난 병모가지 비틀어줄 때마다 내 속이 다 썬했당께. 슴에 살러 온 걸 츰 볼 때처럼 거시기가 참 내 맴이 거시기했당께.

모든 게 다, 고맙소야. 우리 아덜 나오믄 잘 좀 부탁하요.

부탁만 하고 가서 미안하요. 여수댁, 이거 한 잔 더 찌끄릴랑가?

다덜 부디 장수하소.

*

인도네시아 블루문(Indonesia Blue Moon)

인도네시아 커피 특유의 묵직하고도 강한 바디감이 있다. 특히 달콤한 꿀 향이 난다. 숙성될수록 그 향이 짙어지고 화산재 지형에서 자란 생두 특유의 매캐한 맛이 독특하게 변화되어 달고도 짙은 맛을 낸다.

인도네씨아 블루문 주십시오. 감싸합니다. 또 말 배웁니다. 싸장, 썬생님. 고향, 홈타운 인도네씨아. 저는 푸띠라이입니다. 스물세 살입니다. 남편 있습니다. 결혼임니다. 커피 좋습니다. 우리 인도네씨아 커피, 싸랑합니다. 한쿡말 배웠습니다. 바다 일 합니다. 남편입니다. 시어머니 좋습니다. 딸 이임니다. 두? 둘? 딸 뚤임니다.

엄마 보고 싶습니다. 인도네씨아 생각합니다. 커피 마십니다. 싸장님이 친절합니다. 이제 바다 사람들 나 안 놀립니다.

친구들 보고 싶습니다. 그리고 커피 마십니다. 답니다. 씁니다. 산이 폭발합니다. 산에 불이 흐릅니다. 연기 올라옵니다. 인도네씨아 화산 맛임니다. 바다에는 빠란 달이 뜹니다. 커피가 끔습니다. 한쿡 커피 비쌉니다. 인도네씨아 커피 쌈니다. 매일 마시고 싶습니다.

보고 싶습니다. 엄마는 인도네씨아에서 커피 끌임니다. 아침 밤까지 마십니다.

계속 빨리 보고 싶니다. 엄마. 나는 한쿡, 이 썸 싸장님만 친절
합니다. 남편 매일 바다 감니다. 무섭습니다. 집에 매일 안 옴니다.
외로움니다.

*

탄자니아 킬리만자로 AA(Tanzania Kilimanjaro AA)

탄자니아 킬리만자로라는 이름으로 널리 알려져 있으며 산도와
바디감이 묵직한 편이며 군고구마 향이 난다. AA라는 표기는 생두
의 등급과 크기를 나타낸다.

저 사람 우리 양식장 강씨 아저씨 부인 아냐? 나보다도 어리다
는. 근데 여긴 웬일이지? 뭐라고 하는지 난 잘 못 알아듣겠던데 다
비드는 말을 참 잘도 받아주네. 저 할머니는 또 뭐래? 근데 이 좋
은 데 와서 왜들 울고 난리야. 다비드가 저 외국인 쳐다보는 게 신
경 쓰여서 공부를 못하겠다. 아까는 어떤 아줌마가 저러더니 이젠
외국인에 이어 할머니들이 다비드를 차지하네. 와, 이젠 내 팔뚝
살까지 뭐라고 하는 저런 사람들 별로 보고 싶지 않지만 나도 올
데가 여기밖에 없다. 도시 애들은 별다방이니 콩다방이니 하는 데
서 공부한다는데 나라고 못할 게 뭐 있는가 싶어서 와본 데가 여

기니까. 이곳으로 말할 것 같으면 섬을 통틀어 하나 있는 유일한 로스터리 카페가 아니던가. 처음에 여기 와서 드라마에 나온 대로 아메리카노에 베이글을 시켰는데 다비드가 "아메리카노"가 아니라 "핸드 드립 커피"라고 말해주었다. 그게 뭔지 모른다는 걸 들키지 않기 위해서 좋다고, 베이글에 크림치즈 좀 듬뿍 얹어달라고 부탁을 했다. 베이글 위에 작은 섬처럼 크림치즈를 쌓아 먹는 것은 어느 영화에 나왔더라. 치즈가 입가에 묻었다고 핑계 대며 뽀뽀해대던 애들은 김우빈이랑 써니였나? 아무튼 그렇게 드나들기 시작한 지 2년째다. 엄마는 매일 내가 여기서 공부를 하는지 마는지 관심도 없다. 매일 양식장 점검하고, 군청에 민원 접수하고, 횟집들 순서대로 돌며 일수 찍기 바쁘다. 나는 두 달 전까지는 9급 공무원 시험공부를 했고 지금은 한국어 강사 공부를 하고 있는 중이다. 엊그제 밤에는 엄마가 뜬금없이 공부 잘되냐고 물어봐서 인강 들어야 한다고 했더니 오늘 노트북을 새거로 바꿔줬다. 매일 카페에 나와 공부를 하니 남들이 보기에는 되게 열심히 하는 것처럼 보이겠지만 허송세월 중이다. 한 가지 느는 건 있다. 커피 맛을 구분할 줄 알게 되었다는 것.

내 입에는 탄자니아 커피가 제일 맞는 것 같다. 몇 번인가 핸드 드립 하는 걸 다비드가 가르쳐줬는데 재미가 없었다. 신기하게 생긴 커피 기구를 좀 사고 싶긴 했지만 그랬다간 엄마한테 혼날 것 같아서 마음을 접었다. 핸드 드립 커피는 내리는 사람마다 맛이 다르다고 했는데 내가 몇 번 내려 봤던 커피는 쓰기만 했다. 그러니까 손 커피겠지. 뭐니 뭐니 해도 우리 다비드가 내려준 커피가 제일 맛있다. 그리고 다비드 옆에서 알짱대는 저 고딩, 나 쟤 안다. 육지에서 학교 다닐 적에 일진 생활을 해서 여기 학교로까지 쫓겨난 애. 처음에는 그냥 화장을 좀 짙게 하는 여고생인 줄 알았는데 백수인 나보다 여기 더 많이 오는 것이 이상했고, 다비드 모르게 친구들이랑 통화하는 걸 듣고 구글 검색을 해봤다. 내가 이어폰을 끼고 있어서 못 듣는 줄 알았겠지만 그것이야말로 큰 착각. 난 다비드가 하는 말을 듣기 위해 아무것도 듣고 있지 않았다고. 역시나 내 예상이 맞았다. 정말 유명한 애였다. 교복 입고 카페에 매일 출근하는 것부터가 심상찮았는데 알고 보니 학교 폭력 가해자였다. 캐보면 더 나오겠지만 뉴스에 나올 정도라면 정도가 좀 심각할 거라고 짐작만 했다. 더 봐봤자 눈만 버리지 않겠나 싶어서 구글링을 그만두었다. 고등학교 때 내 뒤에 앉아서 압정으로 등을 찌르던 년들이 생각났기 때문이었다. 소년원에 들어갔다는 기사가 저 애 얼굴 위로 매번 겹쳤다.

혜정이 엄마는 전날 밤에도 우리 집에 찾아와서 굽실대며 돈을 꿔 갔는데 걔는 매일 내 뒤에 앉아서 등을 찔렀다. 엄마한테 확 일러서 혜정이네에 이자 폭탄이라도 때리라고 말할까 하다가 인생이 불쌍해서 그냥 놔뒀는데 나중에는 자기네 엄마가 우리 집에서 돈 꿔 간 걸 알고도 나를 괴롭혔다. 돈 없는 애들은 쉽게 난폭해졌고, 제힘으로 안 되면 세를 불려서 타인을 괴롭히는 데도 월등한 실력을 발휘했다. 그래놓고도 내 답안지를 베껴서 중간 정도의 성

적을 유지했다. 반이 두 개만 되어도 어떻게 도망가봤겠는데 우리 학교는 학년당 한 반씩이라 중학교 고등학교 6년을 붙어 있었다. 그래서 내 성격은, 이렇게 됐다. 속으로 생각은 많이 하는데 입으로는 내뱉지 못하는 바보 멍청이. 걔들은 진작에 모두 섬을 떠났지만 나는 그냥 여기에 있었다. 엄마는 내가 폭식을 하는 이유가 다 공부 스트레스 때문일 거라 믿을 뿐, 뒤에서 압정을 찔러대는 애들 때문이라는 걸 끝내 알지 못했다. 혜정이 엄마는 야반도주를 했다. 불어난 이자를 감당하지 못하고 우리 엄마 앞에서 횟집 양도 각서를 쓴 혜정이 아빠가 얼마 후에 바닷가에서 발견되었다. 바닷속을 둥둥 떠다니는 것을 해녀 할머니들이 건져 왔다고 했다. 그러니까 섬사람들이 흔히 택하는 투신. 제 엄마가 그렇게 떠날 때까지만 해도 끈질기게 나를 괴롭히던 애가 아빠마저 그렇게 되자 실어증 걸린 사람처럼 말을 잊었다. 내 등에 압정을 꽂는 일도 하지 않았다. 그러니 좀 안쓰러웠다. 나를 괴롭혔던 혜정이한테 복수할 생각은 안 하고 대체 왜 이런 생각을 하는 건가 싶었지만 여하튼 괴롭힘 당하고 속으로 저주하다가 걔를 그만 좋아해버렸다는 사실을 알아버린 순간의 멍함이란. 아무튼 나는 늘 하던 대로 티를 내지 않았다. 다만 걔가 화장실 갔을 때 내 지갑에 있던 만 원짜리 열두 장을 모두 가방에 넣어주었다. 내가 가방에서 손을 빼는 것과 동시에 혜정이가 교실로 들어왔지만 서로 알은척을 하지 않았다. 걔가 그날 저녁에 섬을 떠났다는 사실은 나중에 선생님한테 들었다. 인사라도 하고 가지, 개년. 처음으로 타인에게 욕을 해봤지만 하나도 후련하지 않았다. 그 뒤로는 압정에 찔리지 않고 졸업을 했고, 육지에 있는 대학을 다니다 말았다. 대학 졸업장 따위는 공무원이 되는 것에 비하면 아무것도 아니라는 생각은 엄마의 것. 흥미에도 맞지 않는 공부 따위는 안 해도 된다는 것은 나의 생각. 그래도 졸업장 정도는 있어야지, 가 아빠 생각이었다. 엄마는 오로지 내가 공무원이 되기만을 원했고, 나는 오래 앉아 있는 것 외에는 별로 잘할 줄 아는 게 없었다. 그래서 시작한 공부일 뿐인데 엄마는 당연히 내가 9급 공무원 정도는 될 거라 착각하고 있다. 또 여기 살 적에는 몰랐는데 육지 그 냄새나는 시멘트 건물 속에 갇혀서 스물네 시간 한 달 꼬박 1년 내내 생활을 해야 한다고 생각하면 소화가 잘되지 않았다. 지긋지긋해도 어쩔 수 없이 나는 내 눈앞이 탁 트여 있어야만 마음이 놓이는 바닷가 사람이었다. 그리움이 커져서 위궤양으로 발전했다. 남자 친구 정도는 데리고 내려올 줄 알았던 내가 궤양을 데려가자 엄마는 혀를 찼다. 엄마가 입으로는 욕을 했지만 아침저녁으로 전복죽을 끓여서 내 속을 달래주었다. 속만 달랬으면 됐는데 다시 살이 올라버렸다. 매일 여기에 와서 크림치즈 베이글을 먹고 난 뒤로부터는 걷잡을 수 없을 지경이 되어버렸다. 고등학교 때의 몸무게를 가뿐히 넘어선 지 오래였다. 궤양을 덮은 것이 지방이었나. 앓고 난 사람 같지 않게 듬직해졌다. 아무튼 나는 이 섬의 유일한 취준생이며 지역 유지 딸이자 스물세 살로서의 자존감을 잃지 않고 이 카페에 오는 중이었다.

어쩌다 경쟁이 붙어서 저 날라리 고딩이 먼저 온 날이면 왠지 자존심이 상했다. 고딩이는 학교보다 더 카페에 자주 오는 것 같았다. 저런 애가 공부는 무슨 공부. 여기서 또 사고나 치지 않으면 다행이지. 사실 이 카페 건물도 엄마 거였다. 그렇지만 꼭 그것 때문에 오는 것은 아니었다. 걷기 시작하면 반나절도 안 되어 출발지로 돌아오는 이 답답한 섬에 갈 데라고는 노래방을 빙자한 룸살롱과 횟집, 다방뿐이었다. 내가 공부를 한다고 다방에 갈 수는 없잖은가. 엄마는 다방 것들하고는 말도 섞지 말라고 했다. 그런데 이 좁아터진 섬에서 하루에도 수십 차례 오토바이를 타고 마주치는 다방 언니들에게 인사를 안 하고 배기나. 내가 또 인사성 하나는 밝지 않은가. 물론 안녕하냐는 말 대신 겨우 목례 정도지만 말이다. 내 인사를 잘 받아주던 친절한 언니들은 자주 얼굴이 바뀌었다. 간혹 바다에서 죽은 채로 건져 올려지기도 했다. 그때마다 내게 압정을 꽂던 혜정이가 생각나서 몇 번 혼자서 상처를 받다가 나도 엄마처럼 그들을 무시하기 시작했다. 다방 언니들이 도망치다가 걸려서 삼촌들한테 얻어맞는 것도 많이 봤다. 삼촌들은 꼭 때려도 다 발가벗겨서 때리더라. 같이 잠도 많이 잤을 텐데 그런 여자들을 그렇게 벗겨서 남들 다 보는 데서 때려야 직성이 풀리나? 아무튼 무식해. 얼굴이 없는 사람들, 하루에 열 번은 더 마주쳐도 얼굴을 몰라야 되는 사람들. 어른이 된다는 것은 얼굴을 모른 체하고 인사를 하지 않는 것과도 같은 건가 싶었다. 오히려 그게 더 맞는 것 같았다. 알몸으로 처맞다가 눈이 마주친 제 동생 또

래의 여자애를 누가 좋아하겠는가. 나라도 싫겠다.

아, 저 백수 또 고딩한테 작업 거네. 모르겠다. 저 사람은 왜 맨날 여기 와서 고딩이 치맛자락만 쳐다보나. 예전에 고딩이가 지가 로스팅 연습을 하던 원두 한 봉지를 적선하듯 주는 걸 봤는데 그 뒤로 저 남자가 고딩이를 쳐다보는 것이 심상찮은 걸 나는 알고 있었다. 별것 아닌 것에도 큰 의미를 두는 게 남자라는 족속인가. 그러면 다비드는 중성인가? 사람 대하는 것을 일로 하면 자기 감정은 없어지나? 아무튼 나는 다비드가 좋다. 그가 내려주는 커피도 좋고, 한 번씩 서로의 손이 스치는 것도 좋다. 물론 커피 잔을 주고받거나 카드를 주고받을 때의 일이지만, 그래도 좋다. 사실 그렇게 된 지 좀 오래됐다. 그럼 뭐 어떤가. 나이 차이가 좀 나면 어때. 겨우 열여덟 살밖에 차이 안 나잖아? 스무 살도 아니고. 분위기를 좀 살피고 나랑 커피 한 잔 같이 하자고 말해볼 작정이었는데 아, 저 미친 고딩 년이 다비드 팔짱을 끼네? 나는 눈으로 불꽃을 발사했는데 그와 동시에 내 오른쪽 대각선에 앉아 있던 백수가 커피를 쏟았다. 다비드가 엉망이 된 테이블을 닦으러 이쪽으로 와줬다. 처음으로 고마운 똥멍청이 개백수.

그만 집에 가야겠다. 내일은 쟤 좀 안 봤으면 좋겠다. 하, 오늘도 두 장 이상 못 풀었네. 인강은 또 언제 듣나. 여기만 오면 왜 이렇게 시간이 잘 가지? 근데 오늘 커피는 너무 시큼하네. 원래 탄자니아는 안 시다고 다비드가 그랬는데. 잘못 내린 거 아냐? 물 온도 조절을 못하면 커피가 시다고 했던 것 같은데 내일 와서 꼭 말해줘야지. 그리고 커피 맛없게 내려줬으니까 밥이라도 한 끼 같이 먹자고. 기꺼이 내가 산다고.

그래도 될까?

*

다비드의 커피

커피 바의 할로겐등 몇 개를 교체하고 나니 한밤중이었다. 저녁을 먹기가 애매한 시간이라 식은 파나마 게이샤에 드라이진을 부었다. 깍두기 무처럼 잘라둔 생전복을 소금장에 찍었다. 그러면서 해녀 아주머니에게 받은 커피값 3만 원은 어디에도 쓰지 않으리라 다짐했다. 사실 한 잔에 2만 원은 받아야 이문이 좀 떨어지는데 그분께는 차마 그럴 수가 없었다. 아들이 출소해서 나를 찾아오면 어머니가 어떤 분이셨는지 이야기를 해줄 작정이었다. 파나마 게이샤는 현정이를 위해 언제나 볶아두는 커피였다. 곧 돌아오겠다고 약속을 한 그녀는 5년째 소식이 없었다. 그래도 나는 매일 그녀를 위한 커피를 마련해두었다. 여기서 언제까지라도 그녀를 기다려볼 작정이었다. 전복 내장을 집다가 진이 반쯤 남은 병을 엎질렀다. 얼른 병을 들어 올려 나머지 술을 스트레이트로 마시고 전복 내장을 우걱우걱 씹었다. 참기름이 잇새로 비어져 나왔다. 커피 잔에 남아 있는 게이샤 몇 모금을 안주로 먹었다. 그래도 이만하면 좋은 날이 아닌가. 그 때문인지 커피 맛이 더 달게 느껴졌다. 해녀 아주머니는 내내 쓰다고 했지만 내 입에는 참 달았다. 그런데 대체 누가 저렇게 문을 세게 여는 거지?

예? 아니 저희는 아가씨 다방이 아니에요. 그건 옆 건물로 가셔야 해요.

내일은 또 어떤 콩을 볶을까. 생두가 또 얼마나 남았더라. 술을 조금 더 마시고 싶지만 참기로 했다. 기분이 딱 이만할 때 참아야만 내일 컨디션과 커피의 맛을 유지할 수 있는 까닭이었다. 핸드 드립 커피는 바리스타의 컨디션에 가장 영향을 받는다는 것을 나는 이제 물리적으로 아는 사람이었다. 아, 또 누구야?

죄송해서 어쩌죠. 저희 오늘 영업 끝났습니다. 예, 섬이라 다들 일찍 닫아요. 저쪽에 호프집밖에 연 게 없을 텐데, 그럼 그냥 커피 한 잔만 내려드릴까요? 사실 지금 제가 취중이라 맛은 어떨지 모르겠어요. 바람이 찬데 안으로 좀 들어오세요. 여기 앉으세요. 괜찮아요. 저도 일 끝나서 막 나가려던 참이라. 테이크 아웃 컵에 한 잔만 담아드릴게요. 돈은 정말 내지 않으셔도 돼요. 잠깐만요.

손이 떨려서 커피 맛이 어떨까 모르겠지만 내 정성을 생각해서 다음에 다시 들러주겠거니 싶었다. 짐을 챙기려다 숙성실의 로스팅된 원두들의 가스를 제거하지 않은 것이 생각났다. 콩이 숙성될 적에 생기는 가스를 빼지 않으면 원두가 텁텁해지는 까닭이었다. 서둘러 가스를 제거하고 숙성실 문을 닫으려는데 카페 밖이 환했다. 헬기 한 대가 온몸으로 빛을 내뿜으며 파도 위를 날아오는 중이었다. 항구 옆 분교의 운동장에 모인 사람들이 손전등으로 헬기에게 위치를 잡아주고 있었다. 아마도 이 섬의 의용소방대원들일 거였다. 동네 이장과 울고 있는 여수댁도 보였다. 그리고 누군가에게 업혀 있는 돌돌 만 이불 한 채.

헬기가 다급히 섬을 떠나고 나머지 사람들은 망연히 서 있기만 했다. 하늘의 헬기를 향해 내뿜던 손전등의 빛이 하염없이 땅만 비췄다. 나는 선뜻 가게 밖으로 나가지 못하고 카페 안을 서성거렸다. 거센 파도가 무엇이라도 삼키려는 것처럼 항구 쪽으로 다가들었다. 몇 번이나 보았지만 여전히 익숙해지지 않는 소방 헬기였다. 저것을 타고 간 사람들이 몇 명이나 제대로 돌아왔었나. 인도네시아에서 시집을 왔다던 그 여자가 아이를 낳을 때 빼고는 다들 육지 병원에서 숨을 거둔 채 유골로 귀환했다. 입 안에 아직 전복 맛이 남아 있는 상태였다. 나는 삿된 생각을 하지 않기 위해 테이블을 다시 닦았다. 그러다 카페 안의 할로겐등과 LED 전등을 모조리 켰다. 테이블마다 놓인 촛불의 심지도 댕겨 불을 붙였다. 어두운 하늘로 날아간 누군가가 이 빛을 보고 돌아올 수 있기를 바라고 또 바랐다. 목울대를 지그시 눌러 눈물을 참았다.

눈물이 섞인 침이 커피보다 썼다.

*

Close | PM 11:40

작가의 말

한 잔의 커피가 주는 위로와 평안을 알고 있습니다.

잘 볶은 원두를 그라인딩할 때의 향을 사랑합니다.

생두를 볶기 시작한 지 8년쯤, 소설가가 된 지도 8년이 되었습니다.

좋은 사람에게 마음을 내듯이 콩을 나누어 먹었습니다.

당신에게도 이제 소설로 볶는 생두, 이야기로 내리는 원두의 맛을 건네고 싶어요. 일일이 찾아뵐 수 없으니 오늘은 그 역할을 다비드에게 부탁할게요. 당신을 위해 그가 내리는 한 잔의 커피가 어떤 평온을 가져다주기를 기원합니다.

지금 제가 가진 원두 중에서는 유독 케냐 AA 피베리의 향이 좋네요.

기회가 된다면 당신에게 제가 커피를 한 잔 내려드려도 될는지.

다가올 어느 날에 우리 같이 마셔요.

꼭.

배웅

· 김이환

김이환

2004년 장편소설 《에비터젠의 유령》으로 작품 활동 시작. 《절망의 구》로 제1회 멀티문학상, 〈너의 변신〉으로 제2회 젊은작가상 수상. 장편소설 《디저트 월드》《초인은 지금》 등이 있다.

어느 초가을 밤, 요한은 친구 베드로에게 마을을 떠나 도시로 가겠다고 말했다. 깜짝 놀란 베드로는 한참 동안 요한과 대화한 다음, 집으로 돌아가 아내 사라와 상의했다. 그러곤 곧바로 마을의 큰 어른인 마리아를 찾아가 이 사실을 알렸다.

"병이 깊어서 더 이상은 힘들 것 같다고…… 거동할 수 있을 때 도시로 가겠답니다……. 저보고 배웅해달라고……."

더듬더듬 말하는 베드로의 표정도, 듣는 마리아의 표정도 어두웠다. 백발에 얼굴에는 주름이 가득한 할머니 마리아는 오래된 책상 서랍을 열어 담배 파이프를 꺼내 불을 붙였다. 창밖에서는 해가 지고 있었지만 마리아의 집 옆 공터에서는 여전히 아이들이 뛰어놀고 있었다.

마리아는 말했다.

"병이 그렇게 심해? 자네 눈에도 그래 보여?"

"요한이 몇 달 동안 몸이 좋지 않았고 일도 못했잖아요."

"일 못하는 게 미안해서 도시로 가겠다면 그런 생각하지 말라고 해."

"그런 건 아니라고 요한도 말했습니다."

마리아는 담배 연기를 한숨처럼 길게 내뱉고 말했다.

"혹시 그 일 때문일까? 6년 전, 하늘에서 별이 일제히 빛났던 날 말이야. 요한이 그 후로 이런저런 말을 하고 다녔잖아. 요즘은 안 하지만."

"글쎄요……."

요한이 뭐라고 했었지, 베드로는 기억이 잘 나지 않았다. 그때 요한이 많은 말을 하고 다녔지만 흘려들었던 것이다. 베드로가 요한이 내일 바로 떠날 계획이라고 말하자 마리아는 말도 안 된다고 거절했다.

"모레 가라고 해. 내일은 배웅해야지. 마을 사람들에게 작별 인사도 안 하고 가겠다는 거야?"

"오늘 저녁 바로 떠난다는 걸 간신히 말려서 내일로 미룬 건데, 모레 가라면 들을까요?"

"무조건 미뤄. 내가 자동차를 모레 부를 거라고 말하면 요한도 어쩌겠어. 차는 모레 아침에 온다고 말해. 자네도 안 바래다주겠다고 버텨."

그래서 베드로는 요한에게 돌아가 마리아의 결정을 전달했고,

투덜대는 요한을 달랬다. 베드로와 사라는 집집마다 돌아다니며 다음 날 요한을 도시로 배웅한다고 알렸다. 소식을 들은 사람들은 그때부터 음식을 준비했다.

다음 날 저녁, 평소보다 일찍 일을 마친 사람들이 요한의 집에 모였다. 하나둘 사람들이 도착하고, 좁은 요한의 집에 더 이상 들어갈 곳이 없자 정원에 의자를 놓고 앉았다. 사람들은 가져온 음식을 조용히 나눠 먹고 술을 마셨다. 아이들은 집과 정원을 뛰어다녔다.

요한은 모여든 사람들에게 말했다.

"곧 죽을 사람 뭣 하러 보러 왔어?"

"다들 슬퍼하는데 그런 말 하지 마."

베드로는 말했다. 사람들은 차례대로 요한에게 다가가 작별 인사를 했다. 요한은 원래도 말이 많지 않은 편이었지만, 이제는 기운이 없어서 긴 대화를 힘들어했다. 사람들은 확실히 요한의 얼굴색이 좋지 않고 살도 많이 빠졌다고 말했다. 그렇지만 꼭 벌써 갈 필요는 없잖아, 수군거리는 사람도 있었다. 베드로는 요한 근처에서 맴돌면서 누군가 말실수를 하지 않나 노심초사 지켜보았다. 베드로의 두 딸 히야친타와 아나스타시아는 아빠와 엄마의 뒤를 졸래졸래 따라다니면서 이것저것 물어보았다. 요한은 아이들을 물끄러미 바라보았는데, 베드로는 요한이 결혼하지 않았고, 부모는 이미 돌아가셨고, 형제자매도 없으며, 가까운 친구도 자신밖에 없다는 사실이 슬펐다.

밤이 깊어오자 몇몇 사람들이 집으로 돌아갔고 평소 요한과 왕래가 잦던 사람들만 남았다. 정원에 앉아 있는 사람은 없었다. 어른들은 가져온 술을 마시기 시작했다.

"도시로 가면 천국은 못 가는 거 알지?"

술에 취한 안토니오가 떠들었다. 왜 서두르는 거냐고 돌려서 물어보는 것도 아니었다. 천국에 갈 마음이 있는지 없는지 딱 잘라서 묻고 있었다. 들고 있던 술병을 흔들면서 물어봤기 때문에 더 위압적으로 보였다. 사람들은 입을 다물고 눈치만 보았다. 소파에 기대듯이 앉아 있는 요한은 별다른 말이 없었다.

"갈지 말지 결정하는 건 개인의 선택이야, 안토니오." 요한의 옆에 있던 마리아가 말했다. "남이 참견할 일이 아니라고."

"서로 참견할 게 아니면 왜 이 마을이 있습니까? 같이 힘을 모아 천국에 가려고 모여 있는 거 아닙니까? 협력할 마음이 아니었다면 애초에 마을에 들어오지 말든가."

안토니오의 말에 마리아는 웃었다.

"안토니오, 너는 네가 결정해서 들어왔냐? 그냥 네 부모가 너를 여기서 낳은 거지. 젊은 사람들은 다 똑같잖아."

"내 의지로 온 건 아니지만 도시에 안 가기로 선택했고 그 선택을 바꾸지 않았습니다."

"'아직까지' 바꾸지 않은 거지. 지금이야 젊고 곧 아이도 태어나니까 그렇겠지만, 너도 나이 들면 생각이 달라질걸."

"우리 아버지도 암에 걸렸지만 돌아가실 때까지 생각을 바꾸지 않았어요."

"그거야 네 아버지 이야기고. 그렇다고 요한도 아픈 거 참으면서 죽을 날만 기다려야 돼? 우리가 무슨 고통 참기 대회 하려고 마을에 모인 줄 알아? 마음을 바꾸고 싶으면 바꾸는 거야."

"사람이 한 명이라도 더 있어야 마을이 돌아가죠."

안토니오의 부인 마르가리타가 대화에 끼어들었다. 마리아는 퉁명스럽게 말했다.

"도대체 무슨 소리야, 요한이야 어차피 죽으러 가는 건데. 마을에 있으나 도시로 가나 죽는 건 똑같아."

"아, 그렇지."

만삭의 마르가리타는 부푼 배를 쓰다듬으며 말했다.

베드로는 안토니오를 빨리 집으로 돌려보내야겠다고 생각했다. 그때 요한이 일어나서 부엌으로 들어가더니 한동안 나오지 않았고, 어색한 자리를 피하기 위해서 그랬다고 생각한 사람들은 일제히 수군거리기 시작했다. 그리고 부엌에서 달콤한 냄새가 퍼졌다.

"이게 무슨 냄새야?"

안토니오가 떠들었다. 베드로는 냄새를 맡자마자 깨달았다. 어렸을 때의 일이 기억난 것이다.

"초콜릿……."

베드로는 부엌으로 들어갔다. 마침 요한이 초콜릿을 냄비에 넣어서 녹이고 있었다. 그것이 달콤한 냄새의 원인이었다. 베드로는 눈으로 보고 있으면서도 믿어지지가 않았다.

베드로는 요한에게 물었다.

"뭐 하는 거야?"

"초콜릿 만들잖아."

"도대체 왜?"

"손님에게 주려고."

"……도대체 왜?"

"식사를 했으니 디저트를 먹어야지."

요한은 냉장고로 다가가 안에서 커다란 쟁반을 꺼내서 베드로에게 건넸다.

"이건 아이들에게 주려고 미리 만든 거야. 지금 만드는 건 어른들 거고. 돌아갈 때 몇 개씩 쥐여 줘야지."

쟁반에는 검고 동그란 모양의 초콜릿에 고양이, 토끼, 곰을 흰 초콜릿으로 그린 초콜릿 조각이 나란히 있었다. 요한은 만드는 과정을 하나하나 설명했다.

"잘 봐둬. 초콜릿을 중탕으로 녹이면서 천천히 젓는 거야. 다 녹으면 짤주머니에 넣은 다음 동그랗게 짜고, 냉장고에서 한 시간 정도 식혀. 그 위에 흰 초콜릿과 검은 초콜릿으로 동물을 그리는 거야."

앉아 있는 것도 힘들어하는 요한이 남은 힘을 쥐어짜서 초콜릿을 만드는 모습을 보니, 베드로는 답답하기도 하고 슬프기도 했다. 요한은 술병에서 술을 따라 초콜릿 안에 몇 수저 넣은 다음 다시 천천히 저었다.

"어른들 초콜릿에는 럼을 넣었으니까 아이들은 주면 안 돼. 아이들 거엔 아무것도 넣지 않았어. 과일이 있으면 좋을 텐데. 견과류를 넣을까도 생각했는데 알레르기가 있는 아이도 있으니까. 어른들 초콜릿은 틀에 넣어서 굳힌 다음에 칼로 네모나게 잘라서 코코아 가루를 묻힐 거야."

"재료는 어디서 났어?"

"알아서 뭐 하게? 맛이나 봐."

요한은 초콜릿을 가리켰지만 베드로는 고개를 흔들었다. 다들 모여 있는 앞에 초콜릿을 내놓으면 사람들이 펄쩍 뛰리라는 생각에 겁이 나서 쟁반만 내려다보았다. 요한은 보란 듯이 베드로에게서 쟁반을 받아 거실로 나갔다. 그리고 마을 사람들이 가져온 요리 사이에 초콜릿을 내려놓았다. 검소한 나무 그릇에 담은 고기와 채소 사이에서, 빛나는 금속 쟁반 위의 초콜릿은 확실히 눈에 띄었다.

"초콜릿인가?"

마리아가 물었고, 요한은 그렇다고 대답했다. 아나스타시아는 아빠에게 달려와 물었다.

"초콜릿이 뭐야?"

"맛있는 거야." 베드로는 대답했다.

"그래?" 얼마나 맛있다는 걸까, 아나스타시아는 고민하더니 물었다. "포도만큼 맛있어?"

"더 맛있지."

"진짜?"

아나스타시아는 잔뜩 기대에 부푼 얼굴이었지만, 거실의 어른들은 초콜릿 쟁반을 두고 무슨 괴물이라도 보는 것 같은 표정을 짓고 있었다. 가장 먼저 안토니오가 화를 냈다.

"도시 음식은 금지잖아!"

"먹기 싫으면 먹지 마."

요한이 대답하자 안토니오는 말했다.

"초콜릿 먹을 사람 아무도 없어."

"그건 네 생각이고."

요한은 퉁명스럽게 말했다. 히야친타와 아나스타시아는 쟁반으로 다가가 초콜릿을 내려다보았다. 둘 다 귀여운 모양을 한 물건들을 한참 좋아할 때였다. 마을의 다른 아이들은 다가가지 않았는데, 어른들의 불편한 기분을 느끼는 것 같았다.

"먹어봐."

요한은 히야친타와 아나스타시아에게 말했다. 베드로는 두 딸이 자신을 보는 것을 깨닫고, 사라를 돌아보았다. 사라는 뭐 어떠냐는 표정이었다. 그래, 뭐 어떤가. 베드로는 아이들을 향해 고개를 끄덕였다. 히야친타는 토끼를, 아나스타시아는 고양이 모양 초콜릿을 집어서는 가져와 베드로와 사라에게 보여줬다. 예쁜 초콜릿이었다. 요한의 부모님이 요리를 잘했지. 어렸을 때 요한의 집에 자주 놀러 왔던 베드로는 잘 알고 있었다.

아나스타시아가 초콜릿을 반으로 잘라 하나는 자신의 작은 입에 넣고 나머지를 베드로에게 건넸다.

"아빠 거."

베드로는 자신도 모르게 초콜릿 조각을 받아 입에 넣었다. 단맛, 쓴맛 그리고 다른 맛들. 초콜릿의 향. 혀에 달라붙는 감촉. 정말 오랜만에 느끼는 감각이었다. 20년도 더 전에 요한의 어머니가 줬던 그 초콜릿 맛 그대로였다.

베드로의 행복한 회상은 술 취한 안토니오의 고함에 깨졌다.

"도시 음식을 나눠주는 의도가 뭐야? 그렇게 도시가 좋아? 사람들보고 같이 도시로 가자는 거야? 마을 사람들 모두 컴퓨터의 힘을 빌리지 않고 천국에 가기로 한 거 몰라? 우리를 천국에서 만나기 싫어?"

"너를 만나기 싫어서 천국에 안 가는 거야, 알아?"

요한은 대답했다.

"겁쟁이."

안토니오는 쏘아붙이고는 마르가리타와 함께 집을 떠났다. 그가 문을 열고 닫는 순간, 바깥 공기와 함께 나무와 흙의 냄새가 들어왔다가 다시 초콜릿 냄새가 진해졌다. 베드로는 안토니오가 요한을 정말 걱정하기 때문에 화를 냈음을 잘 알았다. 안토니오는 오늘 가장 좋은 포도주와 육포를 가지고 왔다.

"요한을 천국에서 못 만날까 봐 걱정되나 봐."

마리아가 말했다. 똑같은 생각을 하던 베드로는 괜히 생각을 들킨 것 같아 놀랐다. 맛있다며 좋아하는 아나스타시아를 보더니 다른 아이들도 용기를 내서 쟁반으로 다가와 초콜릿을 하나씩 집었다. 초콜릿을 받아가는 어른은 없었다.

베드로는 다음 날 요한과 함께 도시로 가려면 요한의 집에서 자는 편이 낫겠다고 사라에게 말했다. 그는 아이들을 집에 데려다주고 바로 오겠다고 요한에게 말하고, 히야친타의 손을 잡고 아나스타시아는 품에 안아서 집으로 왔다. 어두운 밤길을 걸어오는 동안에도 입 안에서는 초콜릿 조각이 남긴 맛이 계속 맴돌았다.

다음 날 아침, 베드로는 소파에 앉아 자동차가 도착하길 기다렸다. 창밖에는 천천히 해가 뜨고 있었다. 요한은 방에서 잠들어 있었다. 거실은 베드로가 밤새 대충 치웠는데, 초콜릿을 담은 쟁반은 어째야 좋을지 몰라 테이블에 그대로 두었다. 저걸 누가 다 먹는담. 베드로는 생각했다.

침실 문이 열리고 요한이 나왔다. 요한은 베드로에게 물었다.

"차 왔어?"

"아직. 언제쯤 올까?"

"그렇게 나를 빨리 보내고 싶어?"

요한이 농담했다. 요한의 말을 듣고 보니 자동차가 늦게 올까 봐 걱정할 일이 아니었다. 차는 늦게 올수록 좋은 것이다.

"식사해야지."

어제 남은 음식으로 아침을 먹겠냐고 베드로는 물었지만 요한
은 먹고 싶지 않다고 말했다. 사실 베드로도 먹고 싶지 않았다. 요
한이 말했다.

"버스 타본 적 없지?"

"버스?"

"자동차 말이야."

"없어."

"나는 어머니와 함께 탄 적 있어."

"그거야 잘 알지."

요한의 아버지가 도시로 가기로 결정했을 때 요한은 어머니와
함께 배웅을 갔었다. 요한의 어머니는 도시로 가지 않았다. 그 반
대로 행동할 줄 예상했던 마을 사람들은 이상한 일이라고 한동안
수군거렸다. 그러나 몇 년 후에 다들 잊어버렸다. 요한의 결정도
다들 잊겠지, 베드로는 생각했다.

그들은 마을 어귀로 나가 버스를 기다렸다. 다른 사람은 없었
다. 다들 아직 집에서 나오지 않을 시간이었다. 그리고 작별 인사
는 어제 다 했으니까. 마리아가 나오지 않을까 싶었지만 결국 그
녀도 나오지 않았다. 곧 멀리서 커다란 흰색 차가 다가왔다. 베드
로는 차 움직이는 소리가 요란하다고 들었는데 직접 보니 거의 소
리가 나지 않았다. 차는 그들 바로 앞에서 멈췄다. 요한이 먼저 탔
고 베드로가 뒤를 따랐다. 차 안에는 아무도 없었다. 그들은 맨 앞
자리에 나란히 앉았고, 요한은 말했다.

"도시로."

버스가 저절로 출발했다. 베드로는 긴장되어서 괜히 차 안을 계속 둘러보았다. 요한은 버스 운전석의 움직이는 핸들을 가리키며 말했다.

"저걸로 방향을 조절하는 거야."

요한은 베드로에게 운전석에 앉고 싶지 않으냐고 물었다. 베드로는 되물었다.

"왜?"

"차 조종하고 싶지 않아?"

"전혀."

차를 조종하다니 베드로는 상상할 수도 없는 일이었다. 버스는 도시를 향해 달렸다. 요한은 베드로의 어깨에 머리를 기댄 채 잠이 들었고, 긴장해서 창밖의 경치를 살펴보던 베드로도 곧 잠이 들었다.

도시에 도착하자 버스가 멈췄다. 시동이 완전히 꺼진 다음 문이 열렸고, 베드로와 요한도 잠에서 깼다.

"내려야지."

요한이 중얼거리고는 천천히 일어났다. 베드로도 요한의 뒤를 따라 버스에서 내렸다. 두 사람이 내리자 버스 문이 닫히고 더 이상 움직이지 않았다. 요한은 도시를 둘러보며 기지개를 켜더니 한동안 말이 없었다.

베드로는 어색한 분위기를 깨보려고 괜히 이런저런 말을 했다.

"차를 타고 이동하는데 상당히 피곤하네. 가만히 앉아만 있었는데 왜 이리 몸이 뻐근하지? 머리도 어지럽고, 계속 졸리고."

"긴장해서 그래."

요한이 대답했다. 베드로는 말했다.

"병원이 어디야? 근방에는 안 보이는데? 차가 바로 앞에 내려다주는 줄 알았는데, 우리가 찾아가야 돼? 많이 걸어야 되나? 너 걸을 수 있어?"

"택시를 타면 돼."

"택시?"

"차 말이야."

"택시 탈 줄 알아? 아니, 차는 안 보이는데 어디에 가야 차가 있어? 택시는 사람이 직접 조종하는 거야? 아니면 저절로……"

"서둘 거 없잖아."

요한은 말하고 천천히 걷기 시작했다. 그렇다, 서둘 것 없다. 병원을 빨리 못 가서 안달할 필요 없는 것이다. 요한은 말했다.

"도시에 가면 들러보고 싶은 곳 없어?"

"도시에서?"

전혀 없었다. 도시는 가보기는커녕 입에 올려도 안 되는 곳이라고 어렸을 때부터 배웠다. 평생 도시에 올 일이 없을 줄로만 알았다. 요한이 도시로 가겠다고 할 줄 전혀 몰랐던 것이다. 도시에는 목이 아플 정도로 고개를 꺾으며 올려다봐야 꼭대기가 겨우 보이는 건물로 가득했고 직선으로 뻗은 도로는 시야에 다 들어오지 않을 만큼 길고 넓었다. 아무리 둘러봐도 숲과 산이 전혀 보이지 않는 경치 자체가 낯설어서, 베드로는 겁이 났다. 하지만 요한은 겁내지 않았다. 그는 도로를 물끄러미 바라보다가 지나가던 차를 향해 손을 뻗었다. 차가 멈추더니 그들을 향해 다가와서 베드로는 흠칫 놀랐는데, 요한은 멈춘 차의 문을 열고 탔다. 베드로도 엉거주춤 옆 좌석에 앉았다.

"한강으로."

요한이 말하자 차는 저절로 움직였다. 도로와 인도에는 차와 로봇이 가끔 보였을 뿐 사람은 없었다. 차는 곧 강변에 도착했고, 둘은 내렸다. 요한이 기다려달라고 말하자 차는 떠나지 않고 그대로 있었다. 로봇 몇 대가 다가와서는 그들을 지켜보다가 곧 떠났다.

"신경 쓰지 마."

요한이 말했다. 베드로는 로봇이 그들을 해치지 않을 걸 알면서도 긴장을 풀 수 없었다. 로봇이 어디에서 와서 왜 그들을 지켜보고 어디로 가는 건지도 계속 생각했다.

"강이 정말 넓다."

요한은 말했다. 새 우는 소리가 간간이 들리고, 가끔 강 주변에 들짐승이 지나갔다. 멀리서 사슴 한 마리가 요한과 베드로를 바라보다가 다시 천천히 풀을 뜯었다. 요한은 이따금 기침을 했다. 베드로는 무슨 말을 해야 좋을지 고민했다. 친구를 보내면서 하고 싶은 말을 어제부터 계속 생각했지만 머릿속에서 잘 정리되지 않왔다. 어릴 때 같이 놀았던 추억들, 자라면서 서로에게 감정적으로 의지했던 기억들, 어른이 된 후 힘들 때 도움을 주고받았던 일들이 떠올랐다. 그런 것을 모두 말해주고 싶었다.

가장 해주고 싶은 말은 천국에서 다시 만날 날을 기다린다는 것이었다.

요한은 말했다.

"혹시 사람이 보이지 않을까 했더니 없네."

"사람?"

"아무래도 누구든 서울에 오면 한강엔 반드시 들릴 거라고 생각해서."

"왜?"

"글쎄, 내가 이렇게 왔듯이 다른 사람들도 와보지 않을까? 한강은 서울에서 가장 특별한 곳이니까."

"왜 사람을 찾는 거야? 도시 사람들은 모두 컴퓨터 속으로 떠났잖아."

"사람이 어딘가 있을 것 같아서. 우리처럼 떠나지 않은 사람들도 있을 테니까. 다른 사람을 찾아 가끔 도시를 오지 않을까. 아니면 도시에서 여전히 살고 있을지도 모르고."

"내 생각에는 안 그런데. 우리처럼 천국에 가려는 사람들이라면 모를까, 종교가 없는 사람들은 고독을 견디지 못하고 오래전에 컴퓨터 속으로 떠났을 거야."

그렇겠지, 요한은 중얼거리더니 베드로를 돌아보았다.

"마트에 가보자."

"마트가 뭐야?"

"물건이 쌓여 있는 곳."

요한은 일어나더니 자동차에게 손짓했다. 차는 시동을 걸고 그들에게 다가왔다. 요한은 베드로의 팔을 붙잡고 차로 끌고 가며 말했다.

"도시에서는 물건을 사려면 돈을 내는 건 알지? 마트가 그걸 하는 곳이야. 물건이 산더미처럼 쌓여 있어. 온갖 이상한 것들이 다 있어. 신기해."

하지만 나는 돈이 없는데, 베드로는 생각했다. 그리고 곡식을 저장하는 창고라면 마을에도 있었다. 열쇠를 마리아가 관리했다. 요한이 가장 가까운 대형 마트로 가달라고 말하자 자동차는 다시 저절로 움직였다.

깜깜한 마트에 불이 저절로 켜지면서 몇몇 로봇이 작동을 시작했다. 갑자기 멀리서 사람 목소리가 요한과 베드로에게 친절하게 인사를 건넸는데, 사람이 아니라 컴퓨터의 목소리라고 요한은 설명했다. 베드로는 마트의 어마어마한 규모에 놀랐다. 벽마다 수많은 물건이 차곡차곡 쌓여 있고 벽 너머에 물건이 쌓인 또 다른 벽이, 그리고 그 너머에 또 벽이 있었다. 정말 많다, 베드로는 반복해서 중얼거렸다. 요한은 베드로를 데리고 전자제품, 주방 용품, 자동차 용품 코너를 지나 가공식품 코너에 도착했다.

"이쪽부터는 전부 먹을 거야. 이건 통조림, 이건 과자, 이건 시리얼, 과일이나 채소는 없고…… 여기 견과류는 있네."

요한은 말했고, 베드로는 시리얼 상자로 다가갔다가 겁이 나서 들어보지는 못하고 슬쩍 쓰다듬어보았다. 먼지가 약간 쌓여 있었다. 요한이 중얼거렸다.

"유통기한이 안 지난 것들도 많네."

"유통기한이 뭐야?"

"만든 지 얼마 안 됐다는 거야."

최근에 만들었다니, 요한은 지금 누군가가 주기적으로 물건을 가지고 간다는 걸까? 생각에 잠겨 있던 베드로는 요한의 말에 깜짝 놀랐다.

"히야친타와 아나스타시아에게 줄 것 가져가."

"큰일 날 소리."

"왜?"

"왜라니…… 도시 물건은 쓰면 안 되잖아. 게다가 아이들에게 먹인다니…… 도시 음식은 몸에도 나쁘고…… 아무튼 도시 물건은 쓰지 않으려고 마을에 모여 있는 거잖아."

"뭐 어때. 아나스타시아가 초콜릿을 좋아하던데. 생일에 초콜릿 만들어줘. 우리 어머니가 그랬던 것처럼."

요한의 생일에 먹은 초콜릿의 맛은 베드로도 알고 있었다.

"아직도 기억나."

베드로도 요한에게 다가가 같이 진열장의 초콜릿들을 내려다

보았다. 그는 여덟 살 때의 일을 떠올렸다. 요한의 생일이었다. 그때는 요한의 부모님도, 베드로의 부모님도 아직 살아 있었다. 요한은 숲에서 혼자 놀던 베드로에게 찾아와서 자신의 집으로 같이 가자고 말했다. 베드로는 영문도 모르고 요한을 따라갔다. 요한의 어머니가 그들을 기다리고 있었다. 집에는 처음 맡아본 달콤한 냄새가 맴돌았다. 요한의 어머니는 생크림과 과일로 장식한 초콜릿을 그들에게 주었는데, 절대로 먹어서는 안 되는 도시 음식이었지만 정말 맛있어 보였다. 마을의 누구에게도 말하지 않고 약속한 다음 요한과 베드로는 초콜릿을 나눠 먹었다. 베드로는 이후로 한동안 죄책감에 시달리면서 용서해달라고, 잘못을 뉘우칠 테니 죽은 다음 천국에 보내달라고 밤에 잠들기 전마다 신에게 기도했다. 마을 사람 누구에게도 말하지 않겠다는 약속은 끝까지 지켰다.

"초콜릿은 유통기한이 기니까 냉동 보관을 잘해두면 아나스타시아나 히야친타의 생일에 케이크도 해줄 수 있을 거야."

요한은 말했다. 베드로가 자신도 사라도 초콜릿을 만들 줄 모른다고 하자 요한은 말했다.

"어제 내가 하는 거 봤잖아."

그리고 꼭 생일이 아니라 다른 때에라도 초콜릿으로 과자나 케이크를 만들 수도 있다. 하지만 초콜릿을 보관하려면 냉장고가 필요한데 베드로의 집에는 없었다. 냉장고는 안토니오 집에 있다. 술을 한 병 들고 가서 안토니오에게 냉장고를 써도 되겠냐고 부탁해볼까. 아니면 요한의 냉장고를 달라고 마리아에게 말할까. 그런데 냉장고를 들이겠다면 사라가 찬성하려나.

복잡한 일은 나중에 생각하기로 하고, 베드로는 바닥에 주저앉아 초콜릿 상자를 하나 뜯었다. 빨갛고 노랗고 하얀 예쁜 은박지에 싸인 작은 초콜릿이 가득 있었다. 하나를 꺼내 먹었다. 요한도 베드로의 옆에 앉아 같이 초콜릿을 먹으며 말했다.

"도시로 간다고 할 때 네가 화를 낼 줄 알았어."

"내가 왜?"

"막상 아파서 죽을 때 되니까 겁이 나서 컴퓨터로 영혼을 백업하느냐고 비난할 줄 알았지. 겁쟁이라고 놀릴 줄 알았어. 아니면 지금이라도 늦지 않았으니 하느님을 받아들이라고 할 줄 알았지."

"내가 왜 그러겠어. 비난할 마음 없어. 하지만 왜 생각이 바뀌었는지는 궁금해."

요한은 말이 없었고, 베드로는 천천히 말했다.

"우리 부모 세대에…… 의학과 과학이 발전하면서 사람들이 뇌의 정보를 컴퓨터에 저장하는 방법을 알아냈잖아. 많은 사람들이 영원히 살기 위해 육체를 버린 다음 정신을 컴퓨터로 옮겼어. 그러지 않기로 한 사람들만 남았지. 우리들처럼."

베드로의 부모는 컴퓨터 속에서 영원히 살면 죽어서 천국에 갈 수 없다는 이유로 컴퓨터에 정신을 백업하지 않았다. 마을 사람들 역시 같은 이유로 서울을 떠나 강원도에 마을을 만들고 살아가는 사람들이었다. 요한은 약간 달랐는데, 아버지 프란체스코는 종교 때문이었지만 어머니는 컴퓨터 안에서 살고 싶지 않다는 개인적인 신념 때문에 남은 사람이었다. 소수지만 그런 선택을 한 사람들이 있었다. 그녀는 홀로 서울에 머물 수 없다고 판단해, 가치관은 다르지만 같은 결정을 내린 사람들이 모인 마을로 들어온 것이다. 마을 사람들은 사람이 한 명이라도 더 있는 편이 좋다는 이유로 요한의 어머니를 받아들였다. 그래서 그녀는 세례명이 없었고 프란체스코와 결혼한 다음에도 종교를 믿진 않았다. 요한은 태어났을 때 세례명을 받았다. 어른이 된 후에는 더 이상 종교를 믿지 않았지만, 어머니처럼 도시로 가지 않는다는 신념을 지켰고, 세례명은 이름으로 사용했다. 요한의 어머니는 죽을 때까지 도시로 가지 않고 마을에 살았다. 이상하게도 요한의 아버지 프란체스코는 세상을 떠나기 전 도시로 가서 컴퓨터에 정신을 백업했다.

그리고 어머니처럼 컴퓨터 안에서 살지 않겠다는 신념을 지켜온 요한이 어째서인지 죽기 전 마음을 바꿔 도시로 온 것이다.

베드로는 말했다.

"따지려는 건 아니야. 그냥 알고 싶어서. 우리 어렸을 때는 친했는데 요즘엔 별로 대화가 없었잖아. 그래서 무슨 생각을 하는지 모르니까 궁금해서 그래."

"어린 시절에 재밌었지." 요한은 웃었다. "둘이서 매일 숲을 뛰어다녔잖아."

"맞아, 네가 책도 빌려주고."

베드로는 말했다. 요한의 집에는 책이 많았다. 특히 베드로의 부모가 읽지 못하게 하는 무기나 과학에 대한 책들이 많았다. 베드로가 집에서 창밖을 내다보고 있으면 검은색 반바지에 검은색 티셔츠를 입고 손에는 책을 몇 권 든 요한이 집으로 다가와 손을 흔들곤 했다. 둘은 마을 옆의 숲 개울가에서 책을 읽거나 나무 사이를 뛰어다니며 놀았다. 베드로가 약속도 없이 개울가로 찾아가도, 혼자 책을 읽고 있던 요한은 그를 반갑게 맞았다. 사춘기 때까지는 친했지만 어른이 되면서 천천히 멀어졌다.

"컴퓨터 안에는 아무도 없을 거야."

요한은 불쑥 말했다.

"사람들은 컴퓨터를 떠나서 어딘가 다른 곳으로 간 것 같아."

"밤하늘이 환하게 빛났던 날 말하는 거야?"

베드로는 되물었다.

6년 전 저녁이었다. 안토니오가 다급히 문을 두들기더니 베드로와 사라에게 하늘을 보라고 말했다. 밖에서는 마을 사람들이 모여 밤하늘을 올려다보고 있었다. 밤하늘의 모든 별이 금성보다도 더 환하게 빛나는 광경을 보고 베드로는 입을 다물지 못했다. 모든 별이 차이 없이 똑같이 밝게 빛나다가 세 시간 후에야 별빛이 줄어들었는데, 그날 이후로 다시 같은 일이 일어나지 않았다.

요한은 말했다.

"밤하늘의 별이 동시에 환하게 빛나는 일은 자연적으로 일어나지 않아. 그러니까 인공적인 현상이라는 건데, 나는 누군가 우리에게 보낸 메시지라고 생각해. 문제는 누가 왜 보냈냐는 거지. 나는 사람들이 컴퓨터를 떠나 우주로 갔다는 신호를 우리에게 보냈다고 생각해. 어떻게 했는지는 모르지만, 사람들이 컴퓨터 안에서 발전을 거듭하다가 결국 육체 없이도 자유롭게 다니는 방법을 알아낸 거야. 별빛이 그 신호였고. 나는 그걸 확인해보려고 컴퓨터로 들어가는 거야."

베드로에게는 이해하기 어려운 말들이었다. 컴퓨터 안의 영혼들이 떠났다니, 어떻게 영혼이 컴퓨터 밖으로 나올 수 있지? 그리고 나왔다면 어디로 갔을까?

"그럼 사람들은 천국으로 갔을까? 컴퓨터 안에서 영생하는 삶은 가짜임을 깨닫고 천국으로 가려고 한 걸까? 하느님이 컴퓨터에 있던 영혼들을 용서하고 받아들였을까? 진심으로 회개했다면 그랬을 텐데."

"그럴지도 몰라. 아닐지도 모르고."

요한은 베드로를 홀로 남겨두고 어디론가 갔다가, 잠시 후 와인두 병와 병따개를 가지고 돌아왔다. 솜씨 좋게 와인을 딴 요한이 병을 건넸고 베드로는 받아서 약간만 마셨다. 술에 취한 채로 마을에 돌아가고 싶진 않았다. 와인을 반병 마시고 난 다음 요한은 말했다.

"사실, 그날 밤 아버지를 숲에서 봤어."

"별이 빛나던 밤 말이야?"

"그날 밤, 집 밖으로 나왔을 때 숲의 나무 사이에 아버지가 서 있었어. 분명히 봤어. 아버지도 나를 봤고. 우리 눈이 마주친 다음 아버지는 잠시 후 나무 사이로 사라졌어. 내가 숲으로 들어갔지만 거기엔 아무도 없었어."

요한은 그런 말을 한 적 없었다. 베드로의 놀란 표정이 재미있었는지 한동안 웃더니, 요한은 말했다.

"너희 아버지도 봤어."

"우리 아버지도?"

"응, 어린 소년의 모습이었어. 빨간 반바지를 입고 계셨어."

"맞아, 아버지 어렸을 때 빨간 반바지 입고 다녔어. 우리 집에 아버지 어렸을 적 사진이 있거든. 테이블 위에…… 뭐야, 나 놀린 거잖아."

요한은 웃었다. 술에 취한 덕인지 얼굴이 붉어져서 잠시 뺨에 생기가 돌고 건강하게 보였다. 베드로는 물었다.

"아버지를 정말 봤어?"

"나도 믿어지진 않아. 몸이 아파서 헛것을 봤는지도 몰라. 내가 잠깐 미쳤는지도 모르고. 하지만 내가 이해할 수 없는 뭔가가 숲에 있었어. 그건 분명해."

"프란체스코가 천국에서 잠시 왔다 가신 건지도 몰라. 네 수호천사가 되려고 말이야. 하느님이 잠시 천국의 문을 열어주신 걸 거야."

요한은 고개를 끄덕이고 말했다.

"컴퓨터에 들어가서 확인한 다음, 너를 만나러 돌아올게."

"언제든지 찾아와도 돼."

"고마워."

요한이 와인을 한 병 더 가져다 달라고 해서, 베드로는 요한을 두고 주류 코너로 갔다. 그곳에서 잠시 각양각색의 술병을 둘러보다가 돌아왔을 때 요한은 정신을 잃고 쓰러져 있었다.

병원 침대에 누운 요한에게 로봇이 물었다.

두뇌의 데이터를 컴퓨터에 전송하시겠습니까?

"그래."

데이터 전송 이후 남은 신체는 어떻게 처리하시겠습니까?

"화장해줘."

결정은 되돌릴 수 없습니다. 신중히 생각하십시오.

"어차피 살날 얼마 남지 않았어."

요한은 대답했다. 로봇은 말했다.

두뇌 정보 전송, 안락사, 신체 소각 처리에는 40여 분이 소요됩니다.

로봇은 대답했고, 허공에 떠 있던 침대가 벽을 향해 움직였다. 베드로는 침대를 따라 걸었다. 벽의 일부분이 문처럼 열렸다. 요한이 누워 있는 침대가 그 안으로 들어가면 요한의 머릿속 모든 것은 데이터로 바뀌어 컴퓨터에 저장되고 몸은 소각 처리된다. 이제 요한은 재로 변할 것이다. 40분이면 끝난다. 베드로는 가지 말아달라고 매달리고 싶었다. 로봇에게 병을 치료해달라고 말하고 병원에서 건강을 회복한 후 마을로 돌아가자고 말하고 싶었다.

베드로가 요한의 손을 붙잡고 말을 걸려 하자, 요한이 먼저 말했다.

"무슨 생각하는지 알아."

베드로는 대답했다.

"치료 받고 마을로 돌아가자. 조금 더 머물러도 누구도 뭐라고 안 할 거야. 너는 너무 젊어. 히야친타와 아나스타시아가 크는 거 보고 싶지 않아? 적어도 마리아 님을 보내고 떠나야지. 컴퓨터에 는 그다음에 들어가도 되잖아."

"병을 앓으면서 인생을 바라보는 관점이 많이 달라졌어. 죽음은 삶이 끝나는 것이 아니라 삶의 일부분이야. 삶을 완성하는 과정인 거지. 한 사람이 사라지는 게 아니라 조금 희미해지는 것뿐이야."

"그렇다고 서둘러서 삶을 완성할 필요는 없잖아."

"우리는 천국에서 다시 만날 거야. 안 그래, 베드로?"

요한은 말했다. 베드로는 더 이상 할 말이 없었다.

"베드로, 내 재를 어머니 무덤 옆에 묻어주겠어?"

"응."

"나 때문에 우는 사람은 없었으면 좋겠어."

"응."

침대가 멈추고 로봇이 다가와 요한에게 주사를 놓았다.

마취제입니다. 곧 잠이 드실 겁니다. 마취를 완료하면 전송을 시작합 니다. 몸에 힘을 빼고 편안한 마음으로 60부터 1까지 거꾸로 세세요.

요한은 숫자를 세는 대신 베드로에게 말했다.

"사실 너무 아파서 포기하는 것도 있어. 몸이 너무 아파. 정말 아파. 너한테 말은 안 했는데, 그동안 마리아 님이 진통제를 줬어.

하지만 병이 깊어지니까 진통제도 소용이 없었어."

베드로와 맞잡은 요한의 손의 힘이 약해지면서 말도 느려지더니, 요한의 눈이 천천히 감겼다.

"베드로…… 나는…… 분명히 봤어…… 아버지가……"

요한은 베드로의 손을 놓쳤다. 베드로가 다시 잡으려 했지만 침대는 문 안으로 끌려 들어갔고 바로 문이 닫혔다. 40분 후, 요한은 흰색 플라스틱 통 속에 담긴 재로 변해 돌아왔다. 베드로는 플라스틱 통과 마트에서 가져온 초콜릿을 품에 안고 병원을 나왔다.

베드로는 플라스틱 통과 초콜릿 상자를 안은 채 버스 유리창 밖을 바라보았다. 도시에서 마을로 돌아오는 동안, 그는 멍하니 창밖의 경치만 보았다. 마을로 들어오는 입구에서 그는 버스를 세워 달라고 말했다. 운전하는 사람이 없는데도 버스는 그의 말을 알아듣고 멈췄다. 그가 내리자, 버스는 방향을 돌려 도시로 돌아갔다.

베드로는 플라스틱 통과 초콜릿을 들고 마을 옆의 숲으로 다가갔다. 어렸을 때 요한과 같이 놀던 공터에 도착해, 안이 비어 있는 적당한 나무를 골라 초콜릿 상자를 숨겼다. 일단 그곳에 뒀다가 냉장고가 생기면 꺼내 초콜릿을 옮길 생각이었다. 초콜릿을 숨긴 나무를 잊어버리지 않으려고 나뭇가지를 꺾어 표시하던 베드로는, 등 뒤에서 인기척을 느꼈다. 뒤를 돌아보니 소년이 있었다.

검은색 티셔츠와 바지를 입고 손에는 책을 들고 있는 소년이었다. 소년은 잠시 베드로를 바라보다가 옆에 있는 소년을 돌아보았다. 빨간색 반바지를 입은 소년이 어느새 그 옆에 있었다. 두 소년은 나란히 서서 잠시 베드로를 바라보다, 몸을 돌려 뛰기 시작했고 나무 사이로 사라졌다.

한동안 그곳에 서 있던 베드로는 유골함을 들고 천천히 집으로 돌아갔다.

특이점이라는 개념에 관심이 많다. 영화 〈인터스텔라〉 이후 많이 알려져서 요즘은 유행어 비슷하게도 쓰이는 것 같다. 특이점 이후, 예측 불가능한 인간의 삶에 대해 상상해보길 좋아한다. 그것이 단편의 중심 아이디어가 되었다.

요리를 잘하지는 못한다. 손으로 뭘 만드는 솜씨가 없다. 오븐을 예열한다거나 냄비로 중탕을 한다거나 버터를 상온에서 녹인다거나 하는 일이 어렵게 느껴진다. 단 음식을 좋아하는데 잘 만들지는 못한다. 그래도 먹는 건 좋다. 멋진 초콜릿을 만들어서 가족이나 친구들과 함께 먹으면 좋겠다는 상상을 가끔 한다. 이 생각도 단편의 아이디어가 되었다.

초콜릿은 보관도 쉽고 유통기한도 긴 편이다. 아포칼립스가 오더라도 통조림은 오래갈 것이라 기대하듯, 초콜릿도 오랫동안 남아 있지 않을까 하는 현실적인 고민 때문에도 글의 소재로 삼았다. 물론 소재로 삼은 가장 중요한 이유는 내가 초콜릿을 좋아하기 때문이다.

몸이 조금 아팠던 때가 있었다. 아주 중한 병은 아니었지만, 꽤 성가신 병이었다. 그때는 초콜릿을 먹는 것 외에는 삶에서 별다른 낙이 없었다. 통증 때문에 움츠러든 마음을 달랠 방법이 초콜릿을 먹는 것뿐이었다. 그때의 경험도 글에 반영되어 있다.

병맛 파스타 · 노희준

노희준

1999년 중편소설 《캔》으로 문학사상신인상을 수상하며 작품 활동 시작. 《킬러리스트》로 제2회 문예중앙소설상, 《깊은 바다 속 파랑》으로 제3회 SF어워드 및 제6회 황순원소나기마을문학상 수상. 장편소설 《넘버》 《오렌지 리퍼블릭》 《X형 남자 친구》 《재미있는 것이라면 뭐든지 가르쳐드립니다 합자회사》, 소설집 《너는 감염되었다》 등이 있다.

가빈의 요란하고 장황한 설명이 끝나가고 있었다.

그런 다음 파인애플 뚝 잘라서, 같이 볶고, 껍질에 담아 내놓잖아? 향긋 달콤 고소…… 여자애들 순식간에 올킬이다.

냉장고에는 여자애들을 살해할 무기가 가득했다. 만 원이나 하는 닭도리탕용 토종닭과, 일부러 네 명이 먹기에는 약간 부족하게 재어놓은 한우갈비 400그램, 토마토를 직접 으깨어 세 시간을 끓인 다음 이틀이나 숙성한 스파게티용 소스, 그리고 여자애들이 안 올 줄 알았다면 절대 가져오지 않았을 브뤼 와인이 장전돼 있는데, 우리는 며칠 전 읍내에서 사 갖고 온, 파전에 막걸리를, 흡입 중이었다.

여자애들에게 연락이 온 건 저녁으로 뭘 먹을지 고민하던 중이었다.

나디아가 갑자기 면접이 생겼다네.

가슴이 철렁, 했지만 나는 묻지 않았다. 나디아에게 사정이 생긴 거라면 더 이상 물을 필요가 없었다. 나디아는 혼자 올 수 있지만 나디아의 친구는 아니니까. 나디아는 가빈이랑 친하고 나도 본 적이 있지만 나디아의 친구는 가빈도 모르는 애라고 했으니까. 어떻게 생겼는지는 페이스북에서 다 보았지만, 페친이라고 해서 생판 모르는 여자애를 남자 둘 있는 별장에 불러들일 능력은 가빈에게도 없는 거였다. 가빈은 선수일 뿐 초능력자가 아니니까. 하지만 초능력자가 아닌 대신 가빈에게는 초콜릿 복근이 있지.

지금도 저렇게 땡, 땡, 울리는 것은 가빈의 페이스북 알림음이었다. 가빈이 웃통을 벗고 요리하는 모습에 좋아요 달리는 소리. 사실 업로드의 목적은 요리를 위해서라기보다는 비주얼을 위해서였다. 프라이팬이 냄비보다 간지나 보일 것 같아서였다. 홀랑 벗어던진 구릿빛 웃통의 알리바이가 필요해서였다. 가빈이 애꿎은 양파와 마늘과 당근 등을 볶아대는 동안 나는 열심히, 사진을 찍었다. 일부러 복근을 과시하려는 것처럼 보여서는 안 되었다. 복근은 다 있는 것 아니야? 하는 것처럼 프라이팬이 내뿜는 열기에 초점을 맞추어야 했다.

무슨 예술을 하겠다고 또 연기 나는 걸 찍었어.

녀석은 복근이 가려졌다며 투덜댔지만, 나는 곧바로 사진을 포스팅했다.

술을 마시자고 한 건 가빈이었다. 오늘 술을 안 마시기로 한 건 내일 나디아와 주디가 별장에 올 예정이었기 때문이다. 나는 분명한 걸 좋아하는 사람이었다. 아무도 안 올 거라면 오늘 술을 마시는 편이 나았다. 휴가는 이틀이 남아 있었고 돌아가기 전날 술을 먹지 않는다면 쾌적한 운전을 할 수 있을 거였다. 하지만 지금은, 가빈의 페이스북 알림음이 계속되고 있었으므로 아무것도 확신할 수 없었다.

왜, 나랑 둘이는 마시기 싫어?
언제는 둘이 안 마셨어?
항상 여자를 원하는 것 같으니까 그렇지.

아무것도 분명하지 않았지만 가빈이 화가 난 건 분명했으므로 술을 마실 수밖에 없었다. 가빈은 닭도리탕에 벨기에산 밀맥주를 마시자 했으나 나는 하루 종일 하늘이 흐려서 그런지 오늘은 파전에 막걸리가 당긴다고 주장했다. 닭도리탕은 상황을 봐서 먹어야지. 내일은 주말이고, 페북이 저렇게 땡, 땡, 거리는데, 설마 한 명쯤은 걸리지 않겠어? 가빈은 내가 번복할까 봐 조바심 났는지, 잽싸게 냉장고를 뒤져 랩으로 싸둔 파전을 찾아냈다. 초로에 접어든 아줌마가 책상만 한 철판에 부쳐낸 파전은 어찌나 거대했는지 남자 둘이 먹다가도 지쳐 3분의 1쯤 남겨야 했다.

전자레인지는 절대 안 돼. 요리는 접촉이야. 무조건 프라이팬이야. 기름은 절, 대 두르지 말고. 약간 지나치다 싶을 정도로 달군 다음에 투입. 그럼 파전이 가빈을 처음 본 여자처럼 깜, 짝 놀라서…….

가빈은 프라이팬 달구기와 말하기와 페이스북 훑기를 한꺼번에 했다. 맘에 드는 댓글이 없었는지 약간 신경질적으로 드래그를 했다.

아 그러니까 이것들아 몸매 얘긴 됐고, 어디냐고 물어야지.

내가 들어가보니 한 명 있었다. 그래서 지금 서울이야? 라고 남긴 여자애. 맛있겠다거나, 웃통은 왜 깠냐가 아니라. 그래서 지금 서울이야?

연예인으로 보이는 프로필 사진 외에 나머지는 비공개였다. 정보란을 통해 85년생이며 직업이 스튜어디스라는 것만 알 수 있었다. 나는 하마터면 가빈에게 누구냐고 물을 뻔했다. 기다려야 했다. 참호 밑에 엎드려 총구만 내놓고서. 녀석이 가장 못 참는 것은 침묵. 내 예상은 어김없이 들어맞아 가빈이 먼저 내 눈앞에 여자 사진을 들이대는 데는 세 번의 건배도 필요치 않았다.

얘, 어떤 거 같아?

가빈이 나에게 묻는 이유는 나에게는 복근이 없는 대신 초능력이 있기 때문이었다. 눈빛만 보고도 성격이나 내력을 꿰뚫는. 첫 사진은 테스트인 경우가 많았으므로 최대한 상세하게 설명해주었다. 가빈은 연달아 손뼉을 치며 감격했다. 정확해, 정확해, 역시 형은, 대애박.

그럼 이 아이는?

두 번째 여자는, '그래서 지금 서울이야?'였다. 나는 잠시 생각하는 척하다 잘 모르겠다고 말했다. 가빈이 어째서 모르겠냐고 되물었으므로 글쎄, 그러니까 그게, 그녀와 나 사이를 가로막고 있는 어떤 기가 느껴진다고 대답했다. 원래 이상형의 눈빛은 잘 안 읽히는 법이었다. 반면 가빈의 눈빛은 아주 잘 보였다. 얘가 중요한데 형, 왜 얘를 몰라, 하는 눈빛이었으므로 나는 시험 사격을 해보았다.

그래서 걔는 안 온대?

얘는 와도 소용없어.

왜? 남친 있어?

아니, 없는데. 헤어진 지 얼마 안 됐어.

근데 뭐가 문제야?

가빈은 머리를 굴릴 때, 두 눈동자를 7시와 8시 방향 그 중간 어디쯤에 내리까는 버릇이 있었다.

전 남친이 내가 아는 동생이거든.

아니 그게 문제야?

나한테는 그런 것도 문제야. 나는 친한 동생이 그 여자를 좋아하고 있기만 해도 안 사귀어. 어떤 이유로든 동생이 상처 받거나 나랑 어색해지는 게 싫으니까. 내가 성도덕은 없어도 상도덕은 확실하거든.

이해를 못하겠네? 상도덕이건 성도덕이건 그게 왜 도덕이지?

나는 형을 이해를 못하겠네. 오랜만에 남자 둘이 분위기 좋구만. 그새 그렇게 여자 얘기를 꺼내야겠어? 이러니까 형이 여자 때문에 나 만난다고 하는 거야.

작전상 후퇴. 무엇보다 강원도 아줌마가 주신 교훈을 놓쳐서는 안 되었다. 파전은 어제만큼 맛있지는 않았지만 오늘 더 바삭했다. 한 번쯤 더 데울 것을 계산해 살짝 덜 익힌 치밀함이라니. 영리한 파전이었다, 나처럼. 나는 가빈이 두 번째 잔을 다 비우길 기다려 세 번째 잔을 가득 채워준 다음 말했다.

내가 여자를 정말 원했으면 될 것 같은 애들을 데리고 왔지. 열일곱 살이나 차이 나는데, 내가 나디아를 사귀겠어, 주디를 사귀겠어. 그리고 나 여기 일하러 왔다. 며칠 동안 죽도록 일하는 거 못 봤어?
그래서 일은 잘했어?
네가 이해를 못하는 모양인데, 지금 이 판은 너 잘해보라고 깔아놓은 판이다. 너 요즘 여자들이랑 잘 안되잖아. 엄마랑 싸워서 총알 없다며?

나는 녀석의 자존심을 향해 슬쩍, 공갈 펀치를 날려보았다. 반사적으로 원투, 가 뻗어 나올 줄 알았는데.

잘하긴 뭘 잘해. 나도 아니야, 형.
뭐가?
나디아 남친 있잖아.
그랬어? 나디아 친구는 없잖아?

나는 나디아 친구의 이름을 못 외운 척했다. 하지만 집어 든 파전을 입에 넣기도 전에 그럴 필요가 없었음을 깨달았다.

난 처음 만났을 때부터 주디가 맘에 들었거든. 그땐 주디한테
남친이 있어서 포기했지만······.

주디를 알아?

아니, 아는 건 아니고 예전에 동생들 모인 자리에서 본 적이 있
어. 주디도 뭐, 이 가빈을 기억하지 못할 수는 없겠지.

지금은 헤어졌고?

응.

근데 뭐가 문제야?

전 남친이 친한 동생이야.

주디도뭐······쯤에서 이미 7시 방향이 되었던 가빈의 시선은,
기억하지못할수는, 을 지나면서 9시 방향의 냉장고 손잡이에 잠
시 꽂혔다. 그리고 나에게로 돌아와, 전남친이친한동생이야, 에서
마침표를 찍었다. 그 뒤에 찍힌 쉼표는 길지 않았는데, 길지 않았
다는 점이 더 내 신경을 건드렸다.

그때 그 여자랑은 잘 안돼?

어느 여자?

음악 한다는 여자.

좀 똘아이여서 관뒀어.

똘아이면 좋지 않나?

어째서?

몰라서 물어? 똘아이여야 형을 좋아하지.

가빈은 허허허 웃음을 터뜨리며 건배를 청했다. 나는 나를 좋아했던 똘아이 아닌 여자의 이름을 낱낱이, 대고 싶었지만 그랬다가는 괜히 찔리니까 반응한다는 소리나 들을 게 뻔했으므로 그냥 잔을 부딪쳐주었다. 아, 그러고 보니 내가 그 말을 언제 들었더라. 찔릴수록 반응한다가 아니라 켕길수록 변명한다였던가. 일주일 전, 이곳에 오는 길이었다. 독일 차를 몰면 커브에서 브레이크를 안 밟게 된다는 걸 알 리가 없지, 가빈은 오는 내내 내가 운전을 험하게 한다며 지랄이었다.

난 형 운전 못 믿겠으니까 천천히 가라고. 왜 남의 목숨을 갖고 장난을 치냐고. 그렇다고 타이어 끼이이익 미끄러뜨리면서 운전할 줄도 모르잖아. 꼭 그렇게도 못하는 사람들이…….

할 수 있거든?

그렇게 말하는 게 더 웃겨. 왠 줄 알아? 할 수 있으면 그냥 하면 되지 뭐 하러 반응해. 정말 할 줄 아는 사람들은 남이 뭐라고 하건 말건 대꾸 안 한다고. 왠 줄 알아? 할 수 있으니까. 누가 김연아한테 가서 트리플 악셀 못하죠? 이러면, 할 줄 아는데요? 이러겠어? 그냥 웃지? 김연아가.

나는 끝까지 내 차는 사륜구동이며, 후륜 이륜구동이 아니면 드리프트를 할 수 없다는 말은 하지 않았다. 지금도 마찬가지였다. 며칠 전 얘기를 지금도, 그러니까 뭐하러반응해, 란 말을 기억해두었다가 기어코 반응하지 않는 내가, 고작 몇 분 전에 깔아둔 복선을 못 알아들었을까? 한 명은 남친이 있고, 또 한 명은 전 남친이 친한 동생이다? 주디가 예정대로 왔다면 네가 전 남친 얘기를 했을까? 아니, 넌 네가 좋아한다는 얘기만 했을 거야.

요리는 형, 이렇게 하나 저렇게 하나 다 똑같아. 무슨 오래 숙성을 했다, 순서에 비법이 있다, 이 지랄하잖아? 다 소용없어. 맛집에서 어떻게 하는 줄 알아? 재료 넣고, 육수 넣고, 양념 넣고, 불 확 켜버리면 땡. 조미료를 안 써? 젓갈 담글 때 이미 팡팡 넣었는데 뭔 조미료를 안 써. 한국 사람 입맛의 기준은 라면이야. 라면같이 만들어서 라면 맛을 잘 숨기면, 잘 팔려. 결과로 승부하는 거야 형.

연애에 빗대서 하는 말임을 알면서도 나는 모른 척했다. 제 딴에는 심혈을 기울인 비유일 테니. 아니나 다를까,

요리나 여자나 똑같아, 형.

1분도 지나지 않아 녀석은 스스로 해설을 달기 시작했다.

그만 재고 따지라는 소리야, 형.

갑자기 뭔 소리야.

그냥 아무랑이나 자. 자다 보면 답 생겨.

나는 감정이 없으면 안 되는 사람이다.

그런 남자가 어딨어, 형. 여자도 그런 여자 없어, 형.

얘기 안 했나? 나는 여자를 안 사는 사람이라고.

그게 뭐? 나도 여자 안 사. 꼭 여자를 사야만 자나?

원나잇이어도 감정이 없으면 안 된다고.

형이 원나잇을 한다고? 한 적이 있다고?

넌…… 내가 그렇게 인기가 없을 것 같냐?

아니, 누가 인기가 없을 것 같대? 형이 초면에 편한 이미지가 아니라는 거지.

그래놓고 염치도 좋지, 가빈은 나에게 이차를 제안했다.

형, 어차피 이렇게 된 거 우리 닭도리탕 해 먹어버릴까?

논리적으로는 이쯤에서 술상을 접는 게 맞았지만,

뭐, 그러시든지.

가끔씩 내릴 역을 두어 정거장쯤 지나쳐버린 듯한 기분이 들 때가 있었다. 버스를 잘못 타거나, 기차를 놓친 것과는 다른 기분이었다. 그럴 때는 아예 포기하자는 생각이 들면서 마음이 편해지지만, 이런 경우는 이상하게도 조바심이 나고, 나의 실수를 탓하는 마음이 들었다.

닭도리탕에 밀맥주?
닭도리탕엔 소주지.

나는 자리에서 일어나면서 말했다. 내가 닭을 손질하는 동안 가빈은 시집을 읽겠다고 설쳤다. 가빈은 얼마 안 가 시집을 내팽개치고 페이스북을 시작했다. 나는 타인보다 나 자신에게 엄격한 사람이었다. 요리를 할 때도 설탕이나 소금은 쓰지 않았다. 소금 대신 끓인 간장이나 볶은 신김치를 사용했고 잘게 썬 양파를 올리브유에 오랫동안 익혀 단맛을 냈다. 마늘 슬라이스를 사용할 때도 있었다. 감자나 당근이 들어가는 요리는 단맛을 내기가 더 쉬웠다. 지금은 볶아놓은 야채가 있어 시간이 한참 단축된 건데도 가빈은 끊임없이, 타인을 깎아내려 자신의 우월함을 확인해야만 직성이 풀리는 성격이었다.

뭔 놈의 요리를 그렇게 천천히 해, 형. 천천히 달리는 비행기가 하늘에 뜨는 거 봤어?
요리 얘기가 요리 얘기로 끝날 리 없었다.

이 가빈이는 어떤 줄 알아? 영화관에만 가도 그냥 손 쑥 들어가. 치마 속에 손이 확 들어오잖아? 여자애들이 소리 지를 것 같지? 밀어낼 것 같지? 천만에. 사고 정지 상태가 돼. 두 번 멘붕이 와. 이 새끼 뭐지? 하고 멘붕. 이거 성폭력 아닌가? 근데 나는 왜 가만있지? 해서 또 멘붕. 그러다 깨닫는 거지. 내가 이 자식을 좋아하고 있다는 사실을. 여자는 일단 남자를 밀어내야한다고 교육받으니까. 그걸 깨부수어야 해. 여자를 자유롭게 만들어주는 거지.

그건 자유이기는커녕 스톡홀름증후군이라고 말해봤자 입만 아플 것이었으므로 나는 요리에 집중했다. 가빈을 페이스북 낚시질에 집중시키려면 시간을 더 끄는 게 유리했겠지만 이번 기회에 내가 퀄리티뿐 아니라 스피드까지 커버할 수 있는 사람임을 분명히 보여주고 넘어갈 참이었다. 하지만 가빈은,

설탕이 좀 많이 들어간 것 같은데?

설탕 안 넣었는데? 요리당도 안 썼는데?

그런데 형, 고추장 넣었어?

그럼 고추장을 안 넣어? 이게 무슨 삼계탕이냐?

그게 아니라 형, 요리의 법칙은 상호 보완이 아니라 상쇄라고. 사람들이 왜 설탕을 넣는 줄 알아? 고추장에서 텁텁하고 쓴맛이 나니까. 그래서 아는 사람들은 고춧가루만 넣는다고. 마늘만 빻아 넣어도 야채랑 어울려서 충분히 다니까. 달기만 해? 가빈이처럼

시원하고 상큼하지.

강원도 별장에 오자고 한 것도 가빈이었다. 여행을 계획할 때,
나는 동생이니까 30만 원만 내도 되겠지? 했던 가빈은 출발 당일
이 되어서야, 형, 월세 내는 깜박 잊고 있었네. 돈이 한 푼도 없는
데 어쩜 좋지? 대신 여자는 내가 부를게……

나는 스마트폰을 들어, 이제야 읽은 것처럼 말했다.

스튜어디스, 애는 잘하면 오겠는데?

가빈은 얘기를 은근슬쩍 돌렸다.

형은 크고 마른 애들 좋아하더라. 이런 애들은 할 때 아파, 형.
사람마다 취향은 다른 거니까. 어차피 너는 얘랑 안 된다며.
그 얘기가 아니고 형. 작고 아담하고 동그란 애들이 보통 그 뭐
시냐, 옛날 어른들이 말하는 ***라고 ***. 이 서울 분 또 ***라고 들
어나 보셨어?
너 그거 여혐이다.

가빈은 얘기를 또 돌렸다. 이번에는 어째 공격적이었다.

남혐에 대해서는 어떻게 생각해, 형.

이런, 이거 너 실수하는 걸 텐데.

남혐은 여혐이고, 여혐은 남혐이지.

무슨 말장난을 해.

말장난이 아냐. 여혐은 자기혐오의 투사라는 뜻으로 한 말이지.

그게 무슨 말이야?

말 그대로야. 여자를 혐오하는 건 본인이 콤플렉스가 있어서라는 거지.

좀 더 구체적으로.

된장녀다 치자. 안 만나면 되지, 왜 욕해? 여자 못 만나는 게 지 탓인 걸 인정하기 싫으니까 여자 잘못으로 돌리는 거지. 내가 매력이 없는 게 아니라 여자애들이 돈만 밝혀서 그렇다고 말하고 싶은 거지. 고로 된장녀는 없어. 여혐은 자기혐오의 부정에 다름 아니니까.

가빈의 얼굴에 한낮의 해변처럼 맑은 표정이 스쳐 지나갔다. 자신의 얘기인 걸 모르는 게 틀림없었다. 나는 그 해변에 커다란 파라솔 하나를 꽂아두고 싶어졌다.

정리하자면, 여혐은 남혐의 투사고, 남혐은 여혐의 내사지.

하지만 어쩌면 나는 가빈이 감당하기에는 너무 큰 파라솔을 꽂은 모양이었다.

뭔 소린지 모르겠고, 그냥 미러링 아냐? 젊은 여자 대신 아저씨 공격하고, 거울 보면 오른쪽이 왼쪽 되듯이, 일베는 우파, 메갈은 좌파……

나는 넘어진 파라솔을 다시 세우려 애썼다.

미러링이 뭐냐.
응?
자기 얼굴 비추면서 남의 얼굴이라고 우기는 게 미러링 아냐.
그, 그렇지.
미러링은 여혐이 먼저 시작한 거야. 그러니까 남혐은 미러링의 미러링이지. 거울 보고 있는 사람을 다시 거울로 비추면 뭐가 보일까?
거울에 비친 얼굴이랑…… 뒤통수가 보이겠지.
그렇지.
그럼 미러링을 미러링하는 사람 얼굴은 안 보여?

나는 소설가였다. 많은 사람들이 소설가가 치밀하게 계획하는 줄 알지만, 사실 소설은 계획으로 쓰는 게 아니라 순발력으로 쓰는 거였다.

각도상 보일 수가 없어. 진짜 여자의 얼굴은 안 보이거나 일부만 보이게 되지. 거울 속 거울에 있는 남자의 얼굴과 그 남자의 뒤통수까지 비추면서 자신의 얼굴까지 볼 수는 없거든.

술집이었으면 넘어갔을 텐데, 여기는 남자 둘만 있는 별장이었다. 가빈은 핸드폰을 집어 들더니 확인을 해보겠다며 화장대 거울이 있는 방으로 들어갔다. 각도라면 자신 있었지만 혹시라도 틀렸으면 어쩌지, 하는 걱정에 나는 귀중한 시간을 허비했다. 스튜어디스보다 더 예쁜 여자가, 놀러 가도 되남?이라고 댓글을 올린 것을 한발 늦게 보았다. 분명 영화배우, 라고 쓰여 있었다. 그것밖에 못 보았다. 잽싸게 행동했더라면 그 여자의 사진첩을 둘러볼 수 있었을 텐데, 가빈이 그새 돌아와 앉았다.

진짜네. 내 얼굴을 다 비추면 상대방 뒤통수가 가려서 안 보이네. 신기하네.
뭘 호들갑을 떨고 그래. 결국 물리적인 세계와 알레고리의 세계는 만나게 마련이야. 그래서 뭐 느낀 거 없냐?
뭐? 또 뭐가 있어?
남혐은 여혐 하는 남자의 뒤통수 보기야. 남자는 보지 못하는 남자의 이면, 그 초라한 뒷모습을 비추고 있는 거지.

대애박.

가빈이 자리에서 일어나 방방 뜨며 월드컵 우승을 결정짓는 골이 들어간 것처럼 기뻐했으므로 나는 냉장고 깊숙이 넣어두었던 벨기에산 수제 맥주를 꺼냈다. 여자애들을 위해 준비한 거였지만, 또 사 오면 되지. 그나저나 왜 명언은 하필 이럴 때 터지는 걸까. 지금 여자애들이 있었다면 나를 바라보는 눈빛에 바다가 펼쳐졌을 텐데. 똑바로 곧추선 파라솔 밑에서 견고한 그늘과 상쾌한 바람을 만끽할 수 있었을 텐데. 어쩌면 이런 것 때문이겠지, 가빈이 자기가 아는 여자들을 내 앞에 데려오지 않는 것은. 어쨌거나 수도사들이 만든 맥주는 남자끼리의 우정을 다지는 데도 제격이었고, 그러느라 세 병이나 마셨으니, 이제, 스튜어디스를 불러보라고 해도 우정에 금 가는 얘기는 아니지 않을까? 생각하고 있는데 가빈이 선수를 쳤다.

근데 형, 아저씨들이 사주는 술은 그렇게 먹어대면서 아저씨 혐오 글을 도배하는 이유는 뭘까? 그 글에 또 아저씨들이 좋아요 졸라 눌러대고, 뭐야 그게? 왜 그러는 거야?

나는 가빈이 누구 얘기를 하는지 알 것 같았다. 별로 대꾸하고 싶지 않았는데, 계속한 건 가빈이었다.

된장녀 욕하는 게 예쁜 여자 못 만나서면 아저씨 혐오는 돈 많은 아저씨 못 만나서 하는 건가?

아니지. 젊은 존잘남을 만나고 싶은 거지.

그래? 근데 왜 아저씨를 혐오해?

아저씨는 만날 수 있으니까? 하지만 만나기 싫으니까?

그럼 존잘남을 만나면 되지 왜 아저씨를 욕해?

생각해봐. 존잘남이 걔를 왜 만나겠냐?

걔가 누군지 알아?

아니?

형, 영실이라고 알아?

아, 영실이!

걔가 말이야…….

가빈은 영실이와 술친구였다. 한 달 전쯤에도 술 먹다 영실이한테 오라고 전화했는데 노작이랑 같이 있다고 했다. 노작을 어떻게 아냐고 물었더니 자꾸 술을 사는 남자들 중 한 명이라는 대답이 돌아왔다. 그나저나 아는 사이인 거 알고 있었으면서 나에게, 영실이를 아냐고는 왜 물어본 거니?

술 사준 적은 있지 걔가 사달래서.

단둘이?

아니, 제니 불러서 셋이 먹었지. 나는 그날 술 먹지도 않았어.

영실이가 그러더라니까, 형이 술도 안 먹으면서 술값 낸다고?

나는 그만 딴 얘기를 하고 싶었으나,

근데 걔는 왜 그러는 걸까?

초능력은 있어도 가빈처럼 말을 빙빙 돌리는 재주는 없었다.

자꾸 술 사주는 남자라는 얘기는 형, 자꾸 자기랑 자려고 작업하는 남자라는 얘기란 말이야.
그랬으면 술을 같이 먹었겠지.
걔는 내가 형이랑 친한 거 뻔히 알면서 왜 그런 거짓말을 하는 걸까?

좀 전에 노작을 어떻게 아냐고 물어봤다고, 하지 않았니?

페북에는 페미니스트 코스프레하면서, 주변 남자들한테는 여자 질해서 술 얻어먹고. 불리할 때는 남자 욕, 유리할 때는 쏘쏘⋯⋯.
제니랑 같이 있어서 제니한테 샀지, 내가 걔한테 샀냐?
알겠어, 뭘 그렇게 화를 내. 혹시 영실이랑 잔 거 아니야?
하마터면 내가 걔랑 왜 자냐, 라고 짜증을 낼 뻔했다. 나는 취하지 않았다. 그냥 잤다고 해버리면 그만이었다. 잤다고 말하면 한

번 자보려고 술을 사주고 있다는 의혹에서 벗어나겠지만, 지금은,

그거 여혐이다.

적당히 먹물을 뿌리고 도망가는 게 상책이었다. 잤건 안 잤건, 여자에게 동의를 구하지 않은 상태에서 제삼자에게 잤다고 말하는 건 인권침해니까. 물론 나를 개호구 취급한 년을 존중할 이유는 없었지만 모두의 인권을 위해 범죄자의 인권을 지키는 것이듯이. 나는 취하지 않았다. 안 잤다고 화를 냈다가는 잔 게 돼버리는 것이다. 아니면 술을 계속 샀음에도 한 번도 못 자서 화가 난 게 돼버리는 것이다. 유사(quicksand)처럼, 변명하면 변명할수록 말려들어 갈 게 뻔한 것이다. 그러니, 벌써 시간이 12시를 넘었으니,

너 영화배우도 알았어? 얘는 잘하면 오겠는데?

가빈은 저도 페이스북을 확인해보더니,

너무 마른 거 좋아하지 말라니까 형. 난 아랫배가 치마처럼 늘어지는 여자랑도 자봤어 형. 보통은 허리 잡고 하는데 허리 잡기가 애매해서 가슴 잡고 했거든? 나중에 뭐라는 줄 알아? 내 가슴이 그렇게 좋아? 내 가슴이 좀 큰가?

가빈이 자신의 식스팩을 잡고 웃는 동안 나는, 이 녀석에게는 밀당이 버릇이구나, 작업은 직업이요, 밀당은 직업병이로구나, 그렇다면 끊임없이 당겨서 줄을 끊어먹어야지, 하는 생각만 했다.

애들은 거칠잖아. 센 게 잘하는 건 줄 알잖아. 아저씨들은 살살 하잖아. 살살 하는 게 잘하는 건 줄 알잖아. 형도 그렇게 생각하잖아. 근데 아니야, 형. 한 단계가 더 있어. 동양 사상 같은 거야. 처음에는 세게 해야 돼. 아주 혼꾸멍내야 해. 여자가 포기하고 널브러질 정도로. 그다음에 살살 가는 거야. 요래 요래 살살. 아주아주 살살. 그럼 여자가 오 씨발 이게 뭐지, 아 씨발 이게 뭐지, 하면서 움찔움찔 좋아 죽는단 말이야. 세게 할 때보다 살살 할 때 더 뭐가 오니까 여자는 신세계지. 그러다 약발 떨어지잖아? 그럼 또 세게 가는 거야. 갔다가 빠졌다가, 갔다가 빠졌다가, 아주 몇 번씩 가는 거지, 몇 번씩. 윤회지 윤회.

나는 취하지 않았다. 차라리 물속에서 하는 게 환상적이라는 말을, 믿으라지. 대체 섹스를 잘하는 게 뭐야. 속궁합 같은 건 믿지도 않아. ***는 무슨. 백인 여자들은 흑인 남근 판타지가 있다며. 전 세계의 음경 평균 사이즈를 잰 연구가 있었지. 결과적으로 음경 사이즈는 인종과 상관없었어. 신체 사이즈랑 상관있었지. 인도 남자들이 작긴 작았는데, 대신 인도에는 《카마수트라》가 있고, 내가 제일 선호하는 그게 어떤 거냐고? 나는 취하지 않았지. 선명하게 기억나는 여자가 있지.

철컥철컥, 잠기는 거.

뭔 말이야 그게? 그게 철컥철컥 잠긴다고?

응, 그냥 열려 있는 게 아니라, 내 그걸 뿌듯하게 잡아주는 느낌
이야.

잠기는 게 뭐야?

있잖아, 악력이 있는 것처럼.

응? 그게 그럴 수가 없는데?

가끔 그런 게 있어, 명기라고 하지.

무슨 말도 안 되는 소리를 하고 있어, 형. 지금까지 내가 같이
잔 여자가 몇 명인데. 형이 이상하게 했나 보지, 여자가 좋으면 그
렇게 될 수가 없어…….

너는 이 생이 다 가버려도 이상하지 않을 만큼 길게 말하고 있
으나, 그런다고 내가 너처럼, 그 여자가 누군지, 그 여자와의 섹스
가 어땠는지, 말할 줄 알지? 노선은 정해졌으니, 친한동생이좋아
하기만하는여자라도안사귀어.

여자들한테 물어보면 되겠다. 스튜어디스는 일정이 어떻게 된
대. 혹시 제주에서 양양비행장 오는 일정은 없대?

아까 다 얘기했잖아, 형.

뭘 얘기해?

아는 동생 전 여친이라니까.

난 상관없잖아. 난 모르거든?

녀석은 뇌 주름이 풀렸는지 잠시 머뭇거렸다.

내가 문제라니까.

네가 좋아하는 여자라고?

먼저 들이대면 될 일도 안 된다고, 형.

누가 언제 들이댄대?

아, 참 답답하네. 내가 걔를 여기까지 부르면 전 남친이 화가 난다고. 동네방네 소문나면 나중에 술자리에 슬쩍 불러내기도 애매해진다고.

잘 둘러대네. 어쨌든, 나중에 술자리에 슬쩍 불러내기, 그렇다면.

그럼 영화배우는? 걔도 남친 있어?

정말 왜 그래, 형. 오랜만에 분위기 좋구먼.

별것도 아닌 것 갖고 네가 자꾸 빼니까 그렇지.

형, 걔는 불러봤자 형 스타일 안 좋아한다고.

하하 참 나, 그걸 네가 어떻게 아냐?

걔는 어리고 예쁜 남자 좋아한다고, 형. 머리 텅텅 빈 애들. 형의 장점이 뭐야. 생각 있고 똑똑한 거잖아. 소개로는 안 된다고. 우연히 만난 것 같아야 승산 있다고. 아, 이 남자 뭐지? 나이 많은 남자 한테 이런 느낌 처음인데? 뭔 말인지 알겠어? 동생한테 다 생각이 있다고.

아, 정말 지겨워. 벌써 이런 식으로 6개월이었다. 너는 항상 미래를 담보로, 나에게 술을 사게 했지. 여자를 소개하게 만들었지.

내가 언제 누구 소개해달랬냐? 여자 사귀고 싶댔어?
아 또 왜 이래, 형. 소개해준대도 뭐래?
야, 내가 정말 너한테 여자를 바라면, 벨기에 맥주를 땄겠냐? 땄 겠어?
거기서 맥주 얘기가 왜 나와. 맥주가 그렇게 아깝냐?

맹세코, 아까운 건 아니었다. 가빈이 이번 달 생활비를 아끼려고 이곳에 왔다는 걸 알고 있었지만, 그래서 모든 돈을 내가 내야 했지만, 여자가 안 와서가 아니라, 여자를 꼬드기고 싶던 게 아니라, 아예 처음부터 여자를 안 불렀으면 또 몰라, 그럼 나는 뭐야, 차 대, 돈 대, 공간 대, 그래놓고 아저씨는 좀 빠지세요?

형, 우리 이런 걸로 싸우지 말자.
이런 게 뭔데?
형은 다 가졌잖아, 예술가지. 차 좋지, 별장 있지.

그게 누나 차지, 내 차냐? 이게 매형 별장이지, 내 별장이냐? 말이 그렇지 세상에 공짜가 있을 것 같냐? 차까지 빌리느라 눈치 보여서 조카한테 용돈 50만 원이나 주고 왔다. 너 작가한테 50만 원이 얼마나 큰돈인지 아냐? 라고 말할 수는 없었다. 나는 취하지 않았다. 네가 개들은 어리고예쁜남자좋아한다고형, 이라고 했다고 해서 내가, 네가 나디아한테 퇴짜 맞은 건 네가백수이기때문이야, 라고 말할 수 없는 것과 같았다. 그건 미러링이니까, 미러링 안의 얼굴은 진짜 나의 얼굴이 아니니까.

아, 배고파.

가빈이 몸을 뒤로 젖히고 배를 위아래로 쓰다듬었다. 닭도리탕은 국물만 남은 채 차갑게 식어 있었다. 차갑게 식다 못해 울퉁불퉁하게 굳어 있었다. 고추장을 넣어서 텁텁하고 쓰다더니, 나는 다섯 조각밖에 안 먹었는데.

형, 안 배고파? 뭐 좀 먹을까?

내가 아무 말도 하지 않자 가빈이 탁, 손가락을 튕기며 말했다.
형, 우리 이 남은 국물에, 토마토소스 조금 넣고 스파게티 해 먹을까?

어느새 땀을 흘리고 있는 가빈은 프라이팬을 내려놓으며 호들 갑을 떨었다.

봤어? 요리는 속도야 속도! 요리가 10분을 넘기면 여자애는 벌써 집에 가버리고 없다고!

내가 다 해놓은 소스에 면만 얹은 주제에, 남이 다 깔아놓은 판에서 이빨 터는 건 누가 못해, 생각하며 조심스럽게 한입 넣었는데, 스파게티에서는, 모든 것을 잊게 해줄 근사한 맛이 났다. 푹 삶아져 으깨지다시피 한 야채는 뭐라 표현할 길 없는 향긋한 단맛에, 묽었던 토마토소스의 밀도를 보충해주었고, 토마토소스의 약간 떫은 듯했던 신맛은 닭도리탕 국물의 스파이시한 맛에 제거되면서, 요리의법칙은상호보완이아니라상쇄라던 네 말이 딱 맞아떨어지는구나. 비주얼은 좀 아쉽지만, 누구라도 이걸 한번 먹는다면…….

후루룩, 후루룩, 스파게티를 짜파게티처럼 흡입하며 우리의 마음은 한결 너그러워졌다. 잠깐 쉬는 타이밍에 맥주를 한 잔 마시며 가빈이 말했다.
영실이라도 데려올걸 그랬나?
걔를 여기 왜 데려와.
영실이도 못생기진 않았는데.

가끔씩 보면 예쁠 때도 있지.

그렇지? 한 번 정도는 자줄 만하지?

그 정도면 뭐, 세 번도 가능하지.

근데 형, 나는 사실 한때 영실이랑 사귈 생각도 있었거든.

그럼 사귀지 그랬어?

그게 아니고 형, 어느 날 마구가 와서 그러는 거야, 영실이가 술 먹다가 자기 보고 자자고 했다고.

마구가?

응, 둘이 엄청 친한 친구 사이잖아. 어떻게 친구끼리 자자고 해.

갑자기 기분이 좋아졌다. 마구는 잘난 척하지만 찌질이니까. 술에 취하면 아무랑이나 키스하는 애니까.

뭐, 친구여도 사귀고 싶어질 수 있지.

그게 아니야 형, 더 들어봐. 임연수라고 알지.

알지, 기타 치는 애.

걔한테도 와서 영실이가 노골적으로 꼬시더래. 너네 집에 가서 한 잔 더 하자고.

연수한테까지?

형, 그게 끝이 아니야…… 사실은 탁호도…… 꿔보도…… 무지도…….

하다가 가빈은 어느 순간 딱, 멈추었다. 하지만 나는 이상한 기류를 눈치채지 못하고, 어떤 관성의 힘으로, 머릿속에 있는 말을 있는 그대로 꺼내놓고 말았다.

근데 진짜 개네가 영실이랑 안 잤을까? 자고도 안 잤다고 하는 거 아니야?

똑, 하고 개수대에서 물 떨어지는 소리가 들렸다. 한번 떨어지기 시작한 물은, 똑, 똑똑, 또독, 연달아 떨어졌다. 흡사 가빈의 페이스북 좋아요, 가 올라올 때의 리듬이었다. 그러나 곧 조용해졌다. 우리는 정지 화면 속으로 들어온 듯 조용해졌다. 정수리 위로, 친한동생이좋아하는애만아니면, 이라는 말이 튀어 올라간 건 나뿐이었을까? 영실이 주변에 있는 여자애 중에는, 물론 마구가 좋아하는 애도 없지만, 마구를 좋아하는 애 또한 없을 것 같았다. 연수는 괜찮은 아이였지만, 주변에 예쁜 여자애들도 많았지만, 연수의 라이브 공연 인기곡은 '그럼 니가 나랑'이었다.

오빠 착한데, 진짜 매력 있는데, 성격도 좋은데, 왜 애인이 없어요……

그럼 니가 나랑 사귀던지, 그럼 니가 나랑 사귀던지*

---

* 이은철, '그럼 니가 나랑', 앨범 '싫어요 싫어요', 씨티알사운드, 2016.

왜 하필, 가빈의 입에서 흘러나온 남자애들은 하나같이, 자뻑인데다 치명적인 단점이 있는, 오랫동안 애인이 없는. 그래서 내가 궁금한 것은, 정말 너네 거꾸로 말한 것 아니야? 사실은 한 번 더 자려다가 번번이 퇴짜 맞은 것 아니야? 내가 아는데, 영실이는 처음은 쉬워도 두 번째부터는……. 아니 아니, 어쨌거나, 무엇보다, 우리는 취하지 않았는데, 오늘 한 얘기를 다 기억하는데, 더구나 그놈의 미러링 얘기 때문에 모든 상황을 그녀의 시각에서 생각해보지 않을 수 없었는데, 그동안 우리가 했던 말들은 하나씩, 둘씩, 해시태그가 달린 채로 허공 위에 떠오르기 시작해서, 누구 정수리에서 나왔는지 구분할 수 없게 뒤섞여…….

남자의동의를　　　　　좋아하는

#난아무랑이나자　　#여혐은남혐이지

자유롭게

#그걸깨부숴야해여자를자유롭게만들어주는거지

#아담하고동그란애들이

#지금까지내가같이잔남자가몇명인데

내가같이잔

여혐은

#남자의동의를구하지않은상태에서잤다고말하는건

남혐이지

#한번정도는자줄만하지　　#내친한동생이좋아하는남자만아니면

여자를　　　　　그걸깨부숴야해

우리는 초점이 맞지 않는 눈으로 허허허 웃으며, 오늘의 새로운 레시피는 정말 대박이라고 감탄하며 대화를 재개했다. 시답잖은 농담을 하며, 낄낄거리며, 연거푸 건배를 했지만 영실 얘기는 하지 않았다. 영실뿐 아니라 그 어떤 여자 얘기도 하지 않았다. 그러자 시간은 광속으로 가기 시작해, 그 많던 맥주가 마지막 한 방울까지 똑, 떨어진 채, 시간은 저 혼자 새벽 3시를 넘어,

더 이상 페이스북 알림음은 울리지 않았고,

이제는 개수대에서 물 떨어지는 소리도 나지 않았고,

침묵을 이기지 못한 나는 자리에서 벌떡 일어나 냉장고 문을 열었다. 400그램짜리 갈비를 꺼내어 가빈 앞에 놓고, 오른손으로는 냉장실 안쪽 깊숙이 넣어두었던 브뤼 와인의 목을 잡았다. 아무래도 지금은 잠이 오지 않을 것 같았다. 내릴 역을 두어 정거장쯤 지나쳐버린 듯한 기분이 들 때가 있었다. 버스를 잘못 타거나, 기차를 놓친 것과는 다른 기분이었다.

작가의 말

　알레르기가 너무 심해 바닷가에 장기 투숙하며 글을 쓴 적이 있었다. 체류비를 최대한 낮춰야 해서 밥을 해 먹었는데 그러면서 내가 왜 평소에 요리를 못했는지 알게 되었다. 보통 지인들을 초대해 스파게티 정도나 해주는 정도였는데 당장 먹여야 하니 최대한 무난한 방법을 택하곤 했다. 내 요리 솜씨를 못 믿으니 제품도 많이 쓰게 되었다. 그런데 보름 남짓 혼자 있다 보니 이런저런 모험을 하게 되었는데, 설탕 안 넣고 단맛 내기, 소금 안 넣고 짠맛 내기부터 시작해서 이것저것 섞어서 소스 만들어보기, 안 어울리는 재료 뒤섞어보기 등등. 그때부터 내 요리 실력은 꽤 괜찮아져서 지금은 독자들을 초대해 요리 콘서트를 하기에 이르렀다. 골뱅이 냉파스타, 까망전, 파인애플 튀김, 삼겹살 가지 라자냐, 명란 오일 소스 등등 나만의 레시피를 개발하고 있다.

예술도 마찬가지 아닌가 싶다. 누구의 평가도 받지 않고 혼자 해보는 시간이 꼭 필요한 거구나. 당장의 반응을 두려워하면 발전은 결코 없는 거구나 싶다.

노희준의 요리 콘서트에 놀러오세요. 노희준의 요리와 함께 하는, 외계인을 사랑하는 사람들의 모임. 니체를 사랑하는 사람들의 모임. 잘하지는 못하지만 남들 앞에서 연주를 해보고 싶은 사람들의 모임. 뭐 이런 것들을 해볼 생각이에요. 다른 곳에서는 경험할 수 없는 음식과 대화를 준비해놓고 여러분을 기다리고 있겠습니다. 이 책에 사인이요? 물론 해드려야죠. 요리하는 마음으로 정성 들여 해드리겠습니다.

에트르

· 서유미

* '에트르(etre)'는 프랑스어로 '존재'를 뜻한다.

서유미

2007년 장편소설 《판타스틱 개미지옥》으로 문학수첩작가상을, 장편소설 《쿨하게 한 걸음》으로 창비장편소설상을 수상하며 작품 활동 시작. 장편소설 《끝의 시작》《홀딩, 턴》, 중편소설 《틈》, 소설집 《당분간 인간》이 있다.

29일에는 티라미수케이크가 좋겠다고 생각했다.

달콤하고 부드러운 데다가 커피까지 들어 있으니 무의미하게 한 살 더 먹는 어른에게 위로가 될 것 같았다. 코코아 가루가 세심하게 뿌려진 티라미수케이크의 간결함을 감상한 뒤 휴대폰으로 사진을 찍었다. 맛있겠지. 몸은 좀 어때? 동생에게 전송한 다음 매장 안 진열대 선반을 닦았다.

동생은 출근 준비를 하다가 도저히 안되겠다며 사무실 전화번호를 찾았다. 열이 올라 얼굴이 붉었다. 평소에는 반차 쓰는 게 아깝다며 기를 쓰고 출근하더니 빈속에 감기 몸살약을 털어 넣은 뒤 드러누웠다. 전기장판과 이불 사이에서 그 애는 전자레인지에 오래 가열한 인절미처럼 푹 퍼졌다. 차갑게 식은 패딩 점퍼를 걸치며 나도 옆에 누워 천천히 녹아버리고 싶다고 생각했다.

주방에서 새어 나오는 빵 냄새가 매장 안에 번져 나갔다. 고소함은 코끝에 진하게 달라붙었다가 서서히 흩어졌다. 매니저와 찡은 빵을 종류별로 바구니에 담았다. 그들의 손놀림은 신속하고 리드미컬했다. 어떤 경우에도 서로의 움직임을 방해하지 않았다. 내가 선반을 다 닦자 두 사람이 빵 바구니를 차례대로 진열했다. 개점을 앞둔 에트르의 풍경은 평소와 비슷했다.

석 달 전에 지하 이벤트 홀에서 일할 때는 에트르의 갓 구운 빵 냄새가 마냥 황홀했다. 하루에 두 번, 냄새만으로도 빵 나오는 시간을 알 수 있었다. 운동화를 팔다가 공기 중에 섞인 고소함을 맡고 싶어서 숨을 깊이 들이마시곤 했다. 화장실에 갈 때마다 약간 돌아서 매장 앞을 지나쳤다. 오븐에서 막 꺼낸 듯 김이 올라오는 통통한 페이스트리 모형 위에 비스듬하게 쓰여 있는 'etre'라는 글씨가 부드럽고 나른해 보였다. 저곳의 빵은 비싸고 양이 적지만 고소하고 달콤하지. 브랜드의 로고는 귀엽고 유니폼은 단정하지. 에트르의 빵 냄새를 맡으면 기분 좋은 허기가 밀려왔다. 백화점 아르바이트는 그만하자고 결심한 상태였지만 찡이 사람을 구한다고 했을 때 에트르에 대한 호감 때문에 흔들렸다. 베이커리 쪽에서는 일해본 적이 없으니까 새로운 경험이 될 것 같았다. 거기에 하고 싶은 일이 있을지도 모른다는 막연한 기대가 등을 떠밀었다.

오픈과 함께 방문한 손님들이 인기 메뉴인 피자바게트와 치아바타, 에그타르트를 한 차례 쓸어갔다. 빵을 다시 진열한 뒤 매니저와 찡이 차례대로 화장실에 다녀왔다. 나는 직원용 화장실에 들어가서 변기 커버를 내리고 걸터앉았다. 동생은 사진과 메시지를 확인했는데도 답이 없었다. 많이 아픈가. 전기장판은 제대로 켜두고 자는 거겠지. 확인하지 못하고 나온 게 마음에 걸렸다.

날이 추워지면 우리는 전기장판부터 꺼냈다. 몇 년 동안 쓴 전기장판은 말린 북어처럼 뻣뻣해 제대로 작동이 될까 의심스러웠다. 동생과 나는 매년 황토색 전기장판에게 겨울밤을 맡겨도 괜찮을지 걱정하며 코드를 꽂았다. 전원에 빨간불이 들어오고 바닥에 온기가 돌기 시작하면 안도하며 다리를 쭉 폈다. 오래된 전기장판은 해가 지날수록 온도를 더 높여야만 예전과 비슷한 정도로 뜨뜻해졌다. 아침에 일어나면 입고 나갈 옷을 이불과 장판 사이에 넣어두었다. 세수하고 로션 바르는 동안 한기가 가시길 간절히 바랐다.

몸은 좀 어때.

메시지를 보내놓고 나는 초조하게 답을 기다렸다. 휴식 시간은 길지 않았다. 화장실에서 용변을 보고 손을 씻고 가볍게 화장을 고치는 정도의 시간만 자리를 비울 수 있었다. 전화를 걸어볼까. 메시지를 읽었다는 표시가 떴다.

아까 집주인 왔다 갔는데 내년부터 보증금이나 월세, 둘 중에 하나 올려달래.

그래서 뭐라고 했어?

언니랑 상의해보고 말해준다고 했어.

얼마나 올려달래?

보증금은 1000, 월세는 10.

짧막한 메시지가 긴박하게 오갔다. 집주인이 너무하다, 라거나 이런 일이 생겨서 속상하다, 앞으로 어떡하지, 같은 푸념은 빼고 현실에 대해서만 얘기했다.

서울에 와서 처음 같이 지낼 때는 방을 얻고 아르바이트를 하고 직장을 구할 때마다 얘기를 많이 나눴다. 서울 생활에 대한 기대에 비해 서울에 대해 잘 몰랐고 독립에 대해서도 마찬가지였다. 자기 전에 우리는 불을 끄고 누워서 하루치의 좌절과 고충을 털어놓았다. 의지할 사람도 대화 상대도 둘뿐이라 수다는 종종 새벽까지 이어졌다. 얘기 속에서 신세 한탄을 좌절로 마무리하지 않고 희망의 불씨를 붙이는 데는 성공했지만 깜깜한 하늘에서 우리가 품은 희망은 폭죽처럼 금세 빛을 잃고 말았다.

독립은 경제적인 것 외에 생활과 고민까지 분리하는 거라 아르바이트와 취업 준비를 하면서 끼니, 청소, 빨래까지 알아서 해결해야 했다. 돈이 부족하고 사는 게 힘들다고 하면 집에 오라고 할까 봐 엄마와 아빠에게는 비밀로 했다. 점점 아침에는 일어나서 나가느라 정신없고 집에 돌아와도 개인적으로 쉬고 자는 시간을 쪼개야 수다 떨 짬이 생겼다. 대화에서 우스갯소리나 그냥 해보는 말, 감정에 대한 얘기 같은 게 급격히 사라져갔다. 일일 업무 보고를 하듯 변동 사항이나 공지, 공유해야 할 사안에 대해서만 겨우 얘기를 나눌 수 있었다. 서로에게 제일 많이 하는 말은 그럴 시간에 잠이나 자, 가 되었다.

답을 고르며 나는 고민에 빠졌다. 지금 살고 있는 데가 1000만

원이나 10만 원을 더 내고 살 정도로 괜찮은 건 아닌데. 오래된 단독주택은 양옆의 주택들이 똑같이 생긴 5층짜리 빌라로 변해가는 동안 모르쇠로 일관하며 버텼다. 공사 소음과 먼지를 견딜 수 있었던 건 월세가 오르진 않을 거라는 기대 때문이었다. 새 빌라들 사이에 낀 주택은 더 허름해 보였다. 시간이 지날수록 집은 낡고 지저분해지는데 보증금이나 월세가 계속 오른다는 게 이상했다.

이사를 가고 싶은 것과 이사를 갈 수 있는 것은 다른 문제라 보증금을 올리려면 대출을 받아야 하고 월세를 더 내려면 수입이 늘어나거나 지출을 줄여야 했다. 현실적으로는 대출이 불가능하고 더 벌 수도 없으니까 쓰는 걸 줄여야 했다. 그동안 잠도 줄이고 게으름 피우는 시간도 줄이고 말도 줄이고 꿈과 기대와 감정 표현까지 줄이며 살았는데 여전히 뭔가를 더 줄여야만 했다.

몸은 어때. 병원 안 가도 돼?

약 먹고 좀 괜찮아졌어. 이따 출근해야지.

엄마와 아빠에게는 비밀로 하자고 결론 내린 뒤 메시지 앱을 닫았다.

전화할 때마다 엄마는 서울이 그렇게 좋으냐고 물었다. 서울이 밥 먹여주냐? 방세 내기도 힘들다면서 집에 와서 지내라고 했다. 엄마의 말은 다 맞았다. 방세 내는 게 버겁지만 대부분의 일자리가 서울에 몰려 있기 때문에 서울이 밥을 먹여주었고 힘들어도 아직은 서울에서 사는 게 좋기 때문에 좀 더 버텨보고 싶었다. 걱정하지 마 엄마, 우리가 알아서 할 수 있어. 언제나 그렇게 말한 뒤 전화를 끊었다.

　매장에 돌아오니 피자바게트가 뜨끈한 열기와 냄새를 풍기며 주방에서 나왔다. 찡과 나는 트레이 앞에 서서 뜨거운 빵을 종이 상자와 비닐봉지에 담았다. 찡이 빵을 쳐다보며 매니저한테 얘기했어, 했다.

　"1월까지만 일하겠다고 했더니 딴 매장으로 갈 거냐고 묻더라."

　찡은 매니저가 어디 있나 눈으로 살피면서도 빵을 실수 없이 봉투에 담았다.

　"옮기는 게 아니라 공부하고 싶어서 그만두는 거라고 했어."

　매니저는 케이크를 고르는 손님과 얘기 중이었다. 계산과 케이크 포장을 하면서 눈을 맞추며 응대하는 일에도 능숙했다. 그녀는 이런 데서 일하려면 눈과 손과 입이 각각 제 할 일을 하면서 웃는 얼굴을 유지해야 한다고 강조했다. 빵을 파는 것보다 손님이 묻는 말에 친절하게 대답하고 계산이나 포장을 할 때도 출입하는 손님들에게 웃으며 인사를 건네는 게 더 중요했다. 이곳의 손님들은 점잖게 물어보고 가만히 기다려주었다. 빵이 제때 나오지 않거나 인사를 제대로 하지 않는다고 언성을 높이거나 얼굴을 붉히는 일은 없었다. 마음에 들지 않으면 조용히 발길을 끊었다.

　"매니저가 뭐래?"

　나와 찡은 얼굴을 쳐다보지 않은 채 대화를 이어갔다.

　"내 얼굴을 빤히 쳐다보면서 공부? 무슨 공부? 이러는 거야."

찡은 그 말이 너무 기분 나빴다고 했다.

나는 비닐에 넣은 피자바게트를 바구니에 옮겼다. 빵이 따뜻해서 비닐 안에 부옇게 김이 서렸다. 치즈와 토핑이 듬뿍 들어간 피자바게트를 좋아하지만 금방 품절되기 때문에 집에 사 간 적은 없다.

찡이 미간을 찌푸리면 매니저는 슬그머니 다가와 말했다. 스마일. 손님들이 그런 얼굴 보면서 빵을 사고 싶겠어. 찡그리는 버릇 때문에 모두들 찡이라는 별명으로 부르긴 하지만 얼굴을 구기는 건 그 애의 유일한 불만 표출 방식이었다. 찡은 궂은일이나 부당한 일도 미간에 힘 한 번 준 다음 묵묵히 했다. 허리가 아프다면서 빵이 든 트레이를 번쩍 들어서 옮기고, 쉬는 날에도 매니저가 도움을 요청하면 나왔다. 매니저는 부탁을 들어주는 건 당연하게 여기면서 찡의 굵은 주름만 못마땅해했다. 찡이 바게트 같다는 걸 왜 모를까. 겉으로는 딱딱해 보이지만 마음은 누구보다 약하고 부드럽다는 걸. 일하면서 만난 사람들은 웃으면서 미루고 거절하는 사람에게는 관대하면서 표정이 어두운 사람에게는 냉정했다. 바게트에는 바게트만의 멋과 맛이 있지. 바게트라는 것만으로 욕먹을 이유는 없지. 나는 찡의 미간에 담긴 인간적인 면이 좋았다.

"나는 공부하면 안 돼?"

찡이 또 미간을 구겼다. 공부 얘기를 하니 이따 출근하겠다던 동생 생각이 났다. 동생은 휴학한 뒤 여의도의 변호사 사무실에서 사무 보조로 일하며 저녁에는 공무원 시험 준비를 했다. 그 애는 몇 년째 여기저기 옮겨 다니면서 아르바이트만 하는 나를 한심해

했다. 언니, 언제까지 그러고 살 거야? 자기는 언니처럼 아르바이트로 인생을 낭비하지 않고 제대로 된 곳에 자리 잡을 거라고 했다. 주 6일씩 일하면서 바쁘게 사는데 그런 말을 들으면 억울했다. 어쩌다 아르바이트로 먹고사는 인생이 됐지. 새로운 일을 구하고 기본적인 시스템을 익힐 때마다 스스로에게 물었다. 내가 일하던 곳들, 몸에 익힌 단순하고 얕은 기술들은 다 어디로 간 거지. 사회생활의 경험이라는 그럴싸하고 두루뭉술한 말로 포장해도 공갈빵처럼 금방 부서지고 배가 꺼졌다. 면접 보는 사람들도 나이와 이력을 확인하고 나면 그런 질문을 던졌다. 왜, 라거나 언제까지, 라는 말이 빠지지 않았다. 계획과 달리 아르바이트를 계속 하다 보니 취업에서 멀어졌다. 여기가 아니라는 걸 알면서도 갈 바를 알지 못해 여기로 떠밀려온 사람의 몸 안에는 낭패감이 두텁게 쌓였다.

매장에 온 손님들은 똑같은 로고가 그려진 커다란 빵 봉지를 들고 나갔다. 겨울의 에트르는 방문하는 손님이 약간 줄지만 매출은 오히려 늘었다. 일하다 가끔씩 진열대 안의 케이크를 쳐다보았다. 화려한 색의 마카롱케이크와 과일타르트 사이에서 갈색의 네모난 티라미수는 엄숙해 보였다. 한 해를 정리하는 의미로 잘 어울리지만 새해 분위기를 내기에는 무거운 것 같기도 했다. 에트르의 케이크를 먹어본 적이 없어서 다른 곳에서 먹었던 조각 케이크의 맛을 떠올리며 사각형의 홀 케이크로 부풀렸다.

동생이 마지막으로 보낸 메시지는 케이크는 뭐 하러 사, 특별한 날도 아닌데 돈도 없으면서, 였다. 집세 인상 얘기만 들었을 때는 케이크를 포기하려고 했는데 마지막 말에 오기가 생겼다.

우리는 크리스마스이브와 크리스마스에도 일했다. 나는 이틀 다 에트르에서, 동생은 이브에는 회사에서, 당일에는 겨울 코트 사는 데 보태겠다며 백화점 이벤트 매장에서 아르바이트를 했다. 크리스마스이브에 우리는 엄마와 아빠에게 메리 크리스마스, 라고 쓴 메시지를 보냈고 전화로 안부를 짧게 묻고 대답했다. 밤에는 전기장판 위에 앉아 치킨 한 마리를 나눠 먹으며 캔 맥주를 마셨다.

크리스마스 아침에는 같이 버스를 타고 백화점에 갔다. 동생은 마음에 드는 코트를 샀지만 이벤트 매장에서 사무실 사람과 마주치는 바람에 기분이 상했다. 상대방은 웃으며 인사를 건넸는데 자기만 당황해서 언니 대신 하루만 해주는 거라고 둘러댔다며 내내 괴로워했다. 집에 오는 길에 동생은 코트가 든 쇼핑백 손잡이만 말없이 만지작거렸다. 케이크라도 하나 사 올걸, 나는 후회했다. 매장에서는 크리스마스이브에 이어 당일에도 기념 케이크를 팔았다. 폐점 즈음에는 깜짝 세일까지 했는데 포장하고 계산하느라 정신없어서 깜박 잊고 말았다. 마주 앉아 예쁜 케이크에 초를 꽂고 불을 끄고 소원이라도 빌었다면 크리스마스 기분을 낼 수 있었을 텐데. 그러면 며칠 동안 여러 조각으로 나눈 케이크를 먹는 호사도 누렸을 것이다.

평소에는 끼니를 대신할 수 있는 종류의 빵만 샀다. 입가심이나 기분 전환용으로, 커피의 맛을 더하기 위해 양이 적고 값이 비싼 빵을 사는 일은 거의 없었다. 얼마나 맛있느냐, 가 아니라 얼마나 든든하냐, 가 빵을 고르는 기준이었다. 에트르에서 일하는 동안 7시부터 시작되는 마감 행사 때 떨이로 파는 빵을 한 봉지씩 사는 것은 일상의 큰 기쁨이었다. 행사 10분 전에 매니저는 남은 빵들을 섞어 한 봉지씩 새로운 묶음을 만들었다. 나는 하나를 고르기 전에 투명한 봉투 안에 들어 있는 빵의 종류를 신중하게 살폈다. 엇비슷한 것 중에서 구성이 제일 괜찮은 것을 골라야 했다. 그 봉지 안에 에트르의 대표 메뉴나 평소에 먹어보고 싶던 빵이 들어 있던 적은 없었다. 그래도 에트르의 빵이라는 점은 변하지 않았다. 일주일에 두 번, 대체로 화요일과 금요일에 에트르의 로고가 그려진 비닐 봉투를 들고 버스에 탔다. 운 좋게 빈자리가 있으면 앉아서 조심스럽게 빵 봉투를 열었다. 배고프고 고단한 밤, 자리에 앉아 이어폰을 꽂고 창밖을 보며 빵을 한입 베어 물 때면 인생이 그럭저럭 괜찮다는 생각이 들었다.

집에 와서 동생에게 빵 봉지를 건네면 책을 보고 있던 얼굴에 잠시 웃음이 번졌다. 그 애는 우유와 함께 빵을 아껴서 먹었다. 금요일 밤에 내가 새로운 빵 봉지를 들고 올 때까지 우리는 하루에 한 개씩, 암묵적으로 배당된 제 몫의 빵을 먹었다. 동생은 단 걸 좋아하지 않아 담백한 스콘이나 깨찰빵을 골랐고 곰보빵이나 단팥빵은 내 차지가 되었다. 월요일이나 목요일 밤까지 남은 마지막 빵은 푸석했고 찰기도 적었지만 맛있는 상태일 때 다 먹어버리는 경우는 없었다. 이거라도 마음대로 먹자, 싶어서 일주일에 세 번

빵을 산 적도 있지만 꼭 한두 개씩 남아 다시 예전의 패턴으로 돌아갔다.

매니저가 점심을 먹고 오는 걸 보고 찡과 직원 식당으로 갔다. 나는 식단표를 미리 보지 않고 그날의 운을 점치듯 식당에 도착해서 입구에 놓인 식판을 확인했다. 식판에 담아주는 3500원짜리 밥은 세 가지 반찬과 하나의 국, 흰쌀밥으로 이루어졌다. 2주에 한 번씩 회덮밥이나 반계탕이 특식으로 나왔다. 처음에는 입에 맞는 반찬이 나오면 좋았고 점점 식성과 상관없이 평소에 못 먹는 것, 집에서 해 먹기 어려운 음식이 나오면 반가웠다. 가끔 돈이 아까울 때도 있었지만 대부분 먹을 만했다. 아줌마에게 많이 달라고 해서 양껏 먹을 수 있다는 점이 제일 좋았다. 하루 두 끼 먹는 식사 중 유일하게 균형 잡힌 식단이었다.

"벌써 1월 치 식권 살 때가 됐네."

찡은 성호를 그은 뒤 밥을 떠먹었다.

"이제는 제대로 취직해보려고."

"공부하고 싶다며."

"공부하고 싶은데…… 사는 게 마음대로 돼야 말이지."

우리는 오늘의 반찬 대신 새해의 아르바이트에 대해 얘기했다. 찡이나 나나 졸업 후 계속 놀 수 없어서 아르바이트를 시작한 케이스였다. 3개월, 6개월 일하고 2주 정도 쉬는 생활을 하다 보니 서른 살이 돼버렸다. 휴대폰 매장과 카페, 옷가게에서 일했지만 명함 한 장 만들지 못했고 이력서에 적을 경력도 변변치 않았다. 쩡이나 나나 근면 성실했지만 그건 기본 중의 기본일 뿐이었다. 자랑도 자부도 되지 못했다. 주위 사람들도 다 시간을 쪼개고 욕망을 유보하며 살았다. 서른 살의 겨울을 생각하면 인생을 대충 산 것 같은 기분이 들어 초라했다.

쩡의 직장 고민에 나는 월세 인상 문제를 털어놓았다. 일하는 곳과 사는 곳, 하루에 가장 긴 시간을 보내는 공간이 물리적·심리적으로 불안정하다는 게 얼마나 발걸음을 무겁게 하고 인생을 수시로 구겨놓는지 우리는 잘 알았다. 자연스럽게 이 문제와 저 문제가 섞였다. 누가 고민의 주체인가는 상관없었다. 우리는 비밀 같지 않은 비밀을 공유했다.

"언니, 올려주지 말고 이번 기회에 알아보는 건 어때."

쩡이 새로운 방향을 제시했다. 대화를 나누니 답답함도 좀 풀리고 앞이 보이는 것 같았다. 얘기 꺼내길 잘했다고 느낀 순간 쩡과 나의 휴대폰에 매장 빨리, 라는 메시지가 떴다. 우리는 서둘러 식판을 비웠다. 점심시간은 언제나 짧았다. 느낌이 그런 게 아니라 매장 상황에 따라 툭하면 뒤로 밀렸고 예고 없이 중간에 잘렸다. 같이 밥을 먹은 3개월 동안 우리의 대화는 자주 끊겼다. 점심과 휴식은 조마조마함 속에서 지나갔고 대화는 언제 중단될지 알 수 없었다. 정해진 점심시간이라도 확보하기 위해 다들 기를 쓰고 사무직을 택하는 건지도 모른다. 매장 빨리, 푸시 알림이 한 번 깜박거렸다.

오후에는 케이크 포장을 담당했다. 진열장 앞에서 케이크를 고르는 사람들의 얼굴을 유심히 봤다. 초가 몇 개 필요한지, 폭죽을 넣을지 말지 물으며 축하할 일이 있거나 특별한 날을 기념하려는 사람들의 얼굴에 떠오르는 기대감을 살폈다. 평범한 날에도 케이크를 사는 경우가 많지만 누군가의 삶에 존재할 작은 반짝임에 대해 상상해보는 편이 더 좋았다.

집에 대한 고민은 새해맞이 케이크로 어떤 걸 고를까, 처럼 간단하거나 달콤하지 않았다. 그대로 살겠다는 건 돈을 더 만들어야 한다는 뜻이고 이사를 가겠다는 건 서울 밖으로 밀려나거나 큰 방 하나에 거실 겸 부엌이 딸린, 두 사람이 사는 데 필요한 최소한의 공간을 줄여야 할지도 모른다는 걸 의미했다. 휴식의 시간이 줄어들거나 휴식의 공간이 좁아지는 것 중에 어느 쪽이 나을지 선택하기 어려웠다.

폐점한 뒤 백화점 쪽문으로 나왔을 때 밤공기 안에는 겨울 냄새가 가득했다. 오늘도 정류장 앞의 옷 가게는 불이 꺼져 있었다. '마야'라고 쓰인 간판이 어둠 속에 가라앉아 있었다. 평소에는 늦게까지 오픈 팻말을 매단 채 불을 밝혀두는데 요즈음 며칠째 마네킹도 보이지 않았고 행거의 옷도 절반 정도로 줄였다. 지난 석 달 동안 쇼윈도에 디스플레이된 마야의 옷들을 구경하며 버스를 기다렸다. 이어폰을 꽂고 옷 가게 안에 진열된 알록달록한 옷을 보는 동안 잠시 현실을 잊었다. 마네킹이 입은 옷은 일주일 단위로 바뀌었고 계절을 조금 앞서갔다. 일할 때 유니폼을 입기 때문에 옷이 필요하다거나 사고 싶은 건 아니었지만 옷차림이 자유로운 직장에 다니게 되면, 연애를 하게 된다면 저 코디대로 입어봐야지, 상상하곤 했다. 퇴근길의 소소한 즐거움 중 하나였는데 불이 꺼져 있는 게 아쉬웠다.

옆 건물의 화장품 가게도 한동안 점포 정리 행사를 하더니 얼마 전에 가게를 비웠다. 가게 유리창에 '임대' 표시가 붙었다. 옷집이나 화장품 가게 모두 손님이 많아 보였는데 실제로 매출은 얼마 안 된 건지 임대료가 올라 감당하기 어려워진 건지 알 수 없었다. 에트르에서 하루 종일 빵 냄새를 맡으며 몇백 개씩 팔다 보면 불황이 실감 나지 않았다. 인기 메뉴는 금세 품절되었고 마감 시간까지 남는 빵은 얼마 되지 않았다.

버스에서 운 좋게 창가 자리에 앉았지만 음악을 들으며 쉬는 대신 집과 방 구하는 사이트에 올라온 사진들을 살펴봤다. 돈에 맞추면 방이 작거나 거실이나 부엌이 좁았고, 크기가 괜찮다 싶으면 교통이 불편했다. 직접 보는 게 아니라 평면의 사진을 토대로 방의 크기와 채광, 습기의 정도와 수압, 하수구 냄새와 벌레의 서식 유무 같은 것까지 짐작해야 했다. 이런 데 올라온 집들은 아무리 최악을 예상해도 생각지 못한 치명적인 흠을 하나씩 갖고 있다가 이사가 끝난 뒤 슬그머니 드러냈다.

집에 도착하니 동생은 책상에 앉아 문제집을 들여다보고 있었다. 방 공기가 다른 날보다 훈훈했다. 나는 씻고 나서 수면 양말을 꺼내 신었다. 처음 샀을 때 폭신하고 부드러웠던 수면 양말은 세탁기로 몇 번 빨자 숨이 죽어 납작하고 뻣뻣해졌다. 그래도 일반

양말보다 도톰해서 보온력이 좋았다. 전기장판의 전원을 켜고 담요를 덮고 기다리자 엉덩이와 다리가 천천히 따뜻해졌다. 난방비를 아끼기 위해서 보일러는 일하고 돌아온 저녁부터 잠들기 전까지만 켜고 자는 동안에는 몸과 마음과 꿈을 전기장판에 의지했다. 집에서 보내는 가장 따뜻한 때는 보일러와 전기장판의 열기가 공존하는 두어 시간 동안이었다.

동생이 책을 덮고 바닥에 내려와 앉았다. 에트르 빵 봉투를 내밀자 가볍게 한숨을 쉬며 받았다. 평소라면 별일 없었느냐고 인사했겠지만 오늘의 별일은 낮에 이미 터졌으므로 더 이상 별일이 없기를 바라며 서로의 얼굴을 쳐다보았다. 빵을 먹으며 이 집에서 계속 사는 것과 다른 곳으로 옮겨가는 것에 대해, 생각해본 것과 알아본 것에 대해 얘기했다.

30일에는 딸기타르트가 어떨까 생각했다. 모형으로 착각할 만큼 싱싱하게 잘 익은 딸기들이 커스터드크림과 크림치즈 위에 빼곡하게 붙어 있었다. 가격이 비싸지만 상큼하고 부드러운 딸기타르트를 먹으면 기분 전환에 도움이 될 것 같았다.

매니저가 개점 전에 간판과 로고를 닦으라고 해서 쩡은 유리문과 창에 세정제를 뿌리고 나는 받침대 위에 서서 통통한 페이스트리 모양 로고와 철자를 물걸레로 하나씩 닦았다. 그것들은 원래도 깨끗했지만 물기를 머금으니 조명 아래서 더욱 반짝였다.

화장실에서 같이 물걸레를 빨며 쩡이 자기네 동네에 괜찮은 집이 있다고 했다. 올 초에 집을 구하러 다닐 때 봤는데 두 사람이 쓰기에 적당해 보여서 기억한다고 했다. 그 집에도 자매가 살았던 것 같아. 찡이 사이트에 올라온 작은 방 두 개와 거실 겸 부엌을 보여주었다. 이 집으로 가면 동생과 방을 따로 쓸 수 있겠구나. 서울에 와서는 줄곧 한 방에서 지냈다. 밤에 공부할 일이 있으면 동생은 책상에 앉아 스탠드를 켜고 조용히 책장을 넘겼다. 나는 자다가 코를 골까 봐 똑바로 눕지 않았고 고개를 옆으로 돌린 채 눈을 감았다. 방을 따로 쓰게 되면 잠은 어떻게 할까. 아무것도 결정된 게 없는데 나는 하나뿐인 전기장판에 대해 생각했다. 게시물 밑에는 벌써 여러 개의 댓글이 달려 있었다. 찡이 쪽지 버튼을 눌렀다. 근처에 사는데 오늘 보러 가도 될까요? 저번에 보고 왔던 사람인데 아는 언니가, 하면서 몇 마디 더 붙였다.

점심 메뉴는 회덮밥이었다. 한 달에 두 번씩 식단에 등장하는 특식인데 둘 다 기다렸다. 찡은 아줌마에게 많이 달라고 부탁했다. 밖에서 이 돈으로 어떻게 회덮밥을 먹어. 회사에 다니면 밥값도 만만치 않게 들 거야. 우리는 꽤 괜찮은 식사를 하는 듯한 착각 속에서 숟가락을 움직였다. 휴대폰에 알림이 떠서 매니저인 줄 알고 인상을 썼는데 댓글 쪽지가 도착했다는 표시였다. 찡이 화면의 내용을 보여주었다. 오늘은 야근 때문에 어려우니 내일 밤에 같이 집을 보러 오라는 내용이었다. 연말 이틀 동안은 9시까지 연장 근무였다.

"우리 집 근처니까 끝나고 같이 가자."

찡이 기대에 찬 얼굴로 웃었다. 연말연시 분위기가 백화점 안에 넘실댔다. 사람들은 한 해가 저무는 것에 대한 아쉬움은 얼굴 안쪽에 숨기고 연휴 동안의 휴식과 새해에 대한 기대감을 꺼내 걸쳤다. 웃는 얼굴로 팔짱을 끼고 전화를 하고 커피를 마시며 백화점의 따뜻한 공기 속을 활보했다. 찡은 틈틈이 구직 사이트에 접속해서 이력서 넣을 만한 곳을 찾았다. 그 애는 취업을 새해 목표로 잡았다. 이번에는 꼭 제대로 된 회사에 들어갈 거라고 했다. 나는 아직 새해나 목표에 대해 생각해보지 않았다. 서른한 살이 되는데 월세 10만 원, 보증금 1000만 원 인상에 삶이 휘청거리는 현실을 받아들이기 힘들었다. 나에게 진짜 방이 없는 건 아닌데. 엄마 아빠가 사는 집에는 동생과 내가 쓰던 방이 있다. 비록 하나는 창고 비슷하게 변했고 하나만 비어서 명절 때 둘이 그 방에서 지내다 오지만 우리에게도 아무 생각하지 않고 머무를 방이 있다. 그러나 그건 위안 이상은 아니었다. 그 역시 온전한 내 것은 아니고 서울의 내 자리는 더 작고 위태로웠다. 나는 일하다가 몇 번씩 진열대 안의 딸기타르트를, 그 비현실적으로 아름다운 케이크를 쳐다보았다.

일을 마치고 밖으로 나왔을 때 하늘이 유난히 까맸다. 버스 정류장 앞 옷 가게는 텅 비어 있었다. 분리된 마네킹과 뜯어낸 선반만 벽 쪽에 쌓여 있었다. 아침까지만 해도 옷이 남아 있었는데 낮 동안 내부를 다 뜯어냈는지 오직 간판만 이곳이 옷 가게였다는 걸 알려주었다. 마야가 완전히 사라지는 게 아니라 어딘가로 옮겨 가는 것이기를 바랐다.

31일에는 케이크에 대한 생각을 잊고 지냈다. 진열대 앞에서 케이크를 고르던 여자 둘이 에트르는 당근케이크가 최고라고 하는 걸 듣고 눈여겨보았다. 하얀 생크림으로 정갈하게 덮인 당근케이크는 담백함과 달콤한 맛이 잘 어우러진 것 같았다.

1월 1일이 백화점 휴무라 어느 매장에나 사람이 많았다. 사람들은 양손에 쇼핑백을 든 채 아래층에서 위층으로, 이쪽에서 저쪽 매장으로 분주하게 움직였다. 행사 매장들의 계산대 앞에 선 줄이 길었다. 화장실에 갈 때마다 흐름이 느린 인파 속에 껴서 사람들을 둘러보았다. 다들 무얼 그렇게 열심히 고르고 사고 어디로 가는 건지 궁금했다. 한 해의 마지막 날 가장 필요한 건 뭘까. 나만 사야 할 것을 잊어버리고 있는 것 같았다.

매니저는 찡이 얼굴을 찡그려도 와서 스마일, 이라고 말하지 않았다. 시킬 일이 있으면 나를 통해서 얘기했다. 점장과 같이 휴게실에 다녀온 찡의 미간에 굵은 주름이 두 줄 잡혔다. 점장이 언제까지 나올 거냐고 물었다고 했다. 2월 말이라고 할까 고민하다가 처음 매니저에게 말했던 것처럼 1월까지 일하겠다고 대답했다고 했다. 그냥 2월 말이라고 할 걸 그랬나. 한 달 만에 취직할 수 있을까. 어렵겠지. 찡은 혼자 묻고 대답했다.

오후가 되면서 에트르도 발 디딜 틈 없이 북적거렸다. 계산을 하려는 손님들과 빵을 고르는 손님들의 줄이 반대 방향으로 길게 이어졌다. 찜해두었던 당근케이크는 진즉에 다 팔렸고 딸기타르트도 금세 품절되었다. 남은 건 티라미수와 블루베리요거트케이크뿐이었다. 처음의 결심대로 티라미수를 사려고 했는데 매니저가 요거트케이크 앞에 '30% 세일' 스티커를 붙였다. 그건 직원가인 10퍼센트보다 할인율이 컸다. 요거트생크림으로 덮인 원통형의 흰 케이크 위에 시럽에 절인 블루베리가 구슬처럼 둥글게 테두리를 장식했다. 단면을 본 적이 없어 빵과 빵 사이에 블루베리잼을 발랐는지 생크림이나 딸기잼을 바른 건지 짐작할 수 없었다. 가격이 저렴해지는 순간, 그 케이크는 내 마음을 더 끌어당기기도 했고 매력이 떨어지기도 했다. 망설이는 사이 티라미수도 다 팔렸다. 롤케이크와 파이류를 제외하면 블루베리요거트케이크가 에트르에 남은 유일한 케이크가 되었다.

나는 매니저에게 두 개의 초와 두 개의 폭죽을 넣어달라고 부탁했다. 두 개? 왜? 2주년 기념이야? 매니저가 심드렁한 표정으로 물었다. 나는 대답 대신 마른기침을 했다. 건조한 공기 탓인지 자꾸 목이 잠기고 얼굴이 붉어졌다. 민트색의 상자에 검은색으로 인쇄된 에트르의 로고가 산뜻했다.

쩡의 동네로 가는 버스는 옷 가게 건너편 정류장에서 타야 했다. 북적거리던 백화점과 달리 9시쯤의 거리는 한산하고 조용했다. 매장에서는 겨드랑이에 땀이 날 정도로 더웠는데 밖에서는 날카롭고 매서운 바람이 거리를 휘젓고 다녔다. 나는 왼손은 점퍼 주머니에 넣고 오른손으로 케이크 상자를 들었다. 손이 시려서 오래 들고 있기가 힘들었다. 장갑을 가져오지 않은 게 후회스러웠다. 손을 바꿔 케이크 상자를 드는 주기가 점점 짧아졌다. 4차선 도로 너머에서 보는 마야는 간판까지 떼어내서 그냥 검은 구멍 같았다.

찡이 우리가 탈 버스 번호를 알려주었다. 세 자릿수의 버스 두 대와 네 자릿수의 버스 한 대, 세 대 모두 배차 간격이 10분을 넘지 않았다. 찡과 나는 백화점을 기준으로 동과 서에 나뉘어 살고 있던 셈이었다. 정류장의 버스 도착 알림 전광판에 뜨는 번호를 확인하고 노선도를 살펴봤다. 찡이 말한 정류장의 이름은 꽤 먼 곳에 찍혀 있었다. 얼마나 걸릴까, 가늠해보는데 찡이 팔짱을 꼈다. 언니가 우리 동네 이사 오면 좋겠다. 그러면 버스도 같이 타고 다닐 수 있잖아.

아침에 동생에게 집을 보고 오겠다고 했더니 마지막 날 밤에? 하며 보러 오라는 사람이나 보러 가는 사람 모두 이상하다고 했다. 서로 시간을 내기 어려우니까. 얼버무리면서 나도 오늘 꼭 가야 하나 싶었다. 버스 안에서 찡과 나는 창가 자리의 앞뒤에 앉았다. 버스가 급정거를 하거나 덜컹거릴 때마다 허벅지 위에 올려놓은 케이크 상자 손잡이를 꼭 쥐었다. 앞에 앉은 찡은 창에 머리를 기댄 채 잠들었다. 창밖의 낯선 거리를 쳐다보며 서울이 얼마나 넓은가 생각했다.

정류장에서 내려 횡단보도를 건넌 다음, 불이 꺼진 건물들 앞을 지났다. 우리는 입김을 뿜어내며 걸어갔다. 찡은 시장이 가깝고 밤늦게까지 장사를 하는데 물가가 싸다고 했다. 그 애가 전해주는 이 동네의 좋은 점을 정리하면 가난한 사람들이 살기에 괜찮은 곳, 정도로 요약할 수 있었다. 그런 것과 상관없이 나는 손이 시렸고 가방에 구겨 넣을 수 없는 케이크 상자가 번거롭고 거추장스러웠다.

"얼마나 더 가야 돼?"

"거의 다 왔어."

집은 밤에 보러 가는 게 아닌데. 당연한 사실이 갑자기 떠올랐다. 해가 잘 드는지 빨래가 잘 마르는지 보려면 낮에 가야 하는데 어른이 되려면 아직 멀었구나. 여기까지 왔는데 돌아갈 수도 없다. 이 추운 날 쩡은 앞장서서 걷고 있고 집을 내놓은 여자는 편히 쉬지도 못한 채 기다리고 있을 게 분명했다. 오늘은 구조만 보자고 생각했다. 그리고 마음에 들면 낮에 동생과 같이 와보자. 그게 모두를 위해 좋은 방법이었다.

대로변을 지나 골목으로 접어들었을 때 나는 눈앞에 펼쳐진 풍경을 보고 좀 놀랐다. 그건 동생과 살고 있는 동네의 풍경을 복사해서 그대로 붙여넣기한 것 같았다. 한 번도 와본 적 없는 낯선 동네의 골목이, 버스를 타고 30분 거리에 떨어져 있는 곳이 이토록 닮아 있다는 것이 이상했다. 익숙해서 정겹다기보다 있다는 점이 스산했다.

골목에서 한 번 더 꺾었을 때 쩡이 이 집이야, 했다. 3층짜리 다세대주택들이 골목 끝까지 죽 늘어서 있었다. 두 번째 집의 검은 대문 앞에서 찡은 여자에게 메시지를 보냈다. 나는 케이크 상자를 내려놓고 두 손을 점퍼 주머니에 넣은 뒤 몸을 움츠렸다. 찡이 여자와 대화를 주고받는 동안 동생에게 집 보러 왔다고, 주택의 2층인데 겉에서 보기에는 나쁘지 않다고, 케이크 샀으니까 밥 먹지 말고 기다리라고 메시지를 보냈다.

휴대폰을 들여다보던 찡의 미간이 찌그러졌다. 어떡하지. 이 여자 야근하는데 아직 집에 못 왔대. 10시인데 아직도? 누구를 향한 것인지 알 수 없는 분노가 올라왔다. 마지막 날 야근을 시키는 회사 사람과 해가 바뀌면 집세를 올려달라는 집주인과 장갑을 챙기지 않은 부주의가 다 못마땅했다.

일단 2층에 올라가보자. 대문을 열고 계단을 오르자 화들짝 놀란 것처럼 센서 등이 켜졌다. 현관문은 위아래 이중 잠금이고, 방 두 개 다 방범창 돼 있고, 이쪽에는 화분도 놓을 수 있겠다. 현관문과 창문 앞에 서서 나는 사이트에 올라왔던 사진을 떠올렸고 문 너머의 실체에 대해 상상했다.

찡은 자신의 잘못인 것처럼 어쩔 줄 몰라 했다. 추운데 어떡해. 난 우리 동네라 가까우니까 괜찮은데 언니가 헛걸음해서. 아니야. 네가 나 때문에 고생이 많지. 어차피 집은 낮에 봐야 하니까 다음에 오지 뭐. 찡과 나는 계단을 내려오면서 미안함과 위로를 주고받았다. 하얀 입김이 계단참 옆으로 계속 흩어졌다. 찡의 코끝이 붉었다. 나 역시 얼굴과 손처럼 드러난 부위가 시렸다. 케이크 상자를 다른 손으로 옮기려다가 손잡이를 놓쳐버렸다. 민트색 상자는 바닥에 떨어지며 옆으로 누워버렸다. 찡과 나는 나지막이 탄식했다. 상자를 집어 들면서 나는 그 안의 케이크가 얼마나 뭉개졌는지 생각하지 않으려고 애썼다. 버스를 타고 30분 정도 왔으니 집에 돌아가려면 한 시간도 넘게 걸릴 것이다. 두어 시간 후면 한 해가 가고 한 살을 더 먹는다는 게 믿어지지 않았다. 케이크 상자를 품에 꼭 안았다.

작가의 말

크리스마스와 한 해의 마지막 날에 케이크를 들고 집으로 돌아가는 마음에 대해 쓰고 싶었다.

보편과 일상으로 내려앉은 케이크 위에서 둥그렇게 빛을 밝히는 여러 개의 촛불에 대해, 입 안에서 사라지는 한 조각의 달콤함에 대해 쓰고 싶었다.

한 자리를 오래 지킬 수 없는 상점들과 일자리를 옮겨 다녀야 하는 아르바이트 직원과 추운 날 집을 알아보러 다니는 사람들의 차가운 손에 대해, 나였고 당신이었고 그녀이자 그인 사람들의 불안정한 겨울밤에 대해, 멀고 가까운 곳에서 새해를 맞이하는 존재들의 가난한 마음에 대해 쓰고 싶었다.

조금 썼을 뿐이고 이제 시작되었지만 그것에 대해 계속 쓰고 싶다.

바통 02

파인 다이닝

1판 1쇄 인쇄 2018년 3월 30일
1판 7쇄 발행 2025년 1월 10일

지은이 · 최은영 황시운 윤이형 이은선 김이환 노희준 서유미
펴낸이 · 주연선

총괄이사 · 이진희
책임편집 · 양석한
편집 · 심하은 백다흠 강건모 이경란 최민유 윤이든 김서해
디자인 · 이지선 권예진 한기쁨
마케팅 · 장병수 최수현 김다은 이한솔
관리 · 김두만 유효정 신민영

(주)은행나무
04035 서울특별시 마포구 양화로11길 54
전화 · 02)3143-0651~3 | 팩스 · 02)3143-0654
신고번호 · 제1997-000168호(1997. 12. 12)
www.ehbook.co.kr
ehbook@ehbook.co.kr
ISBN 979-11-88810-10-9 03810

• 이 책의 판권은 지은이와 은행나무에 있습니다. 이 책 내용의 일부 또는 전부를
재사용하려면 반드시 양측의 서면 동의를 받아야 합니다.

• 잘못된 책은 구입처에서 바꿔드립니다.